저자 / 마츠우라
일러스트 / keepout
5
아빠는 영웅,
엄마는 정령,
딸인 나는
전생자.

엘렌
주인공. 원소의 정령. 겉모습은 어린아이, 속은 어른(이라고 믿음!).

오리진
엘렌의 어머니. 정령의 여왕. 순수하고 발랄하며 훌륭한 몸매를 가진 절세 미인.

로벨
엘렌의 아버지. 전 영웅. 아내 오리진과 딸 엘렌을 무척 사랑한다.

반
바람의 정령. 빈트의 아들. 카이와 계약했다.

아우스톨
전투를 좋아하는 정령이자, 영아의 총장. 반의 모친.

사우벨 반크라이프트
로벨의 동생. 공작가 반크라이프트가의 당주. 기사단 단장.

라필리아 반크라이프트
사우벨과 아리아 사이에서 태어난 외동딸. 견습 기사.

카이
알베르트의 아들. 엘렌의 호위로 임명된다.

이자벨라 반크라이프트
로벨과 사우벨의 어머니. 엘렌은 「할머님」이라고 부른다.

로렌
반크라이프트가의 실력 좋은 집사. 엘렌은 「할아범」이라고 부른다.

라비스엘 랄 텐바르
텐바르 왕국의 속 시커먼 국왕. 로벨을 마음에 들어 한다.

가디엘 랄 텐바르
텐바르 왕국 왕태자. 성실하고 언행이 부드럽다.

흄
치료사. 정령 애슈트와 계약했다.

리리아나
흄의 어머니. 반크라이프트가에서 요양 중.

아리아
사우벨의 전처이자 라필리아의 어머니. 여신의 단죄를 받고 그 후 실종.

카르
견습 기사. 라필리아와 언제나 아웅다웅한다.

트루
진실을 관장하는 대정령. 사실과 거짓을 꿰뚫어볼 수 있다.

인물 소개
character

프롤로그

텐바르국에서 마차로 사흘 정도 걸리는 곳에 펠페드라는 작은 영지가 있다.

산기슭에 위치한 이 마을 주변에는 강과 호수 같은 수원도 많아 수목이 매우 잘 자랐다.

그래서 밀과 감자 등의 밭과 사과와 오렌지 같은 과수, 과수를 가지치기해 재이용한 장작과 숯을 생산하는 농업을 경영하는 등 삼림을 중심으로 생활을 하는 자가 많았다.

이 땅을 다스리는 백작가의 당주 제프리 펠페드는 아버지로부터 영지를 물려받은 지 얼마 안 된 30대였지만, 영지 경영에 적극적이었다. 최근에는 과수를 이용한 양봉에 힘을 쏟고 있다.

그것도 최근 눈부신 성장을 이룬 반크라이프트령의 사업에 주목했기 때문이었다.

몇 년 전의 반크라이프트가는 전 왕녀인 아기엘의 악행 탓에 주변 귀족들에게 웃음거리로 여겨졌다. 그것이 완전히 뒤바뀌어, 영웅의 귀환과 함께 꽃폈다.

반크라이프트가의 재산을 탕진하던 아기엘의 재판과 갑자기 시작된 영지 개혁. 그러한 반격들에 귀족들은 마른침을 삼켰다.

텐바르의 새 왕이 된 라비스엘은 어린 시절부터 영웅 로벨을 몹시 마음에 들어 했다. 아기엘의 일로 얼굴에 먹칠을 당했어도, 라비스엘은 웃으며 용서했다.

왕가에 반항하면서도 총애를 받는 영웅은 주변 귀족들의 눈에 매우 무서운 존재였다.

왕의 마음에 들었을 뿐만 아니라 명성에 도취되는 일도 없는 인품과 정령 마법사로서의 힘을 가졌고, 영지 경영에 관해서도 지혜의 샘처럼 영주인 동생에게 조언을 주어 순식간에 영지를 발전시켰다.

그 상황에 귀족들은 허둥대지 않을 수 없었다. 왜냐하면 영웅이 정령계에서 가져왔다고 소문난, 불치병조차도 고친다는 「신(神)의 약」이라는 존재 때문이었다.

모두가 이 약을 탐냈고, 반크라이프트령은 한동안 몹시 혼란스러워졌다.

약에 관한 소문을 듣고 가장 먼저 움직인 것은 텐바르 왕가였다.

차마 왕가의 요청을 거절할 수는 없었던 반크라이프트는 왕가와만 이 약을 거래하겠다고 정했다.

왕가를 상대로 참견을 할 수는 없었다. 게다가 약을 두고 쓸데없는 간섭을 했다간 왕가의 제재를 받게 된다는 소문까지 난무했다.

그것을 뒷받침하듯이 반크라이프트와 얽힌 가문이 하나둘 망해갔다.

표면적인 죄상은 여러 가지가 있었으나, 뒤에서는 『약 때문에 반크라이프트에 손을 댔다』라는 소문도 돌았다.

이득을 보기 위해 안고 가야 할 위험성을 생각한다면 발을 빼는 것이 타당하리라. 왕가에 찍히고 싶지 않다는 이유도 있었다.

반크라이프트의 사업에 한몫 낄 수 없다면 따라 할 수밖에 없다. 제프리는 그렇게 생각했다.

게다가 반크라이프트령에는 병자들이 밀려들어 일손 부족에 빠졌다.

그러나 영웅은 이 문제를 너무나도 간단히 해결해 보였다.

약을 구하기 위해 찾아왔던 병자들이 건강해진 후, 이 영지에서 받은 은혜에 감명을 받아 이주를 신청하는 자가 속출했던 것이다.

그러면 다음으로 문제가 되는 것은 식량과 일자리가 부족해지는 사태다. 그런데 어떤 이유에서인지 반크라이프트령의 기후는 매우 온화하고, 사나워지는 일도 없는 날이 이어졌다.

밤 동안에 가랑비가 내리는 날이 계속되면 물이 부족해지는 일도 없다. 그 온화한 날씨는 마치 정령에게 축복받은 것만 같았다.

그것을 증명하듯이 순조롭게 대풍년이 이어졌다. 수확에 일손이 따라가지 못하게 되었고, 일꾼이 필요해졌다.

작물을 사려는 상인이 찾아오면 돈이 돌고, 또 사람이 모여든다.

멈출 줄 모르는 풍작이 계속되고, 이번에는 남은 작물을 세금 대신에 징수한다고 발표한 영주에게 모두가 깜짝 놀랐다. 징수한 작물을 환자에게 나누어준다는 것이다.

부족한 돈은 왕가에 약을 파는 대금 등으로 마련하고 있는 것이리라. 이 얼마나 이상적인 광경이냐며 제프리는 혀를 내둘렀다.

반크라이프트는 고작 몇 년 만에 누구나가 부러워하는 토지가 되었다. 자신의 영지도 그런 식으로 발전시켜보고 싶다는 꿈이 제프리에게 생겼다.

반크라이프트에서 약 다음으로 주목받은 것이 「비트」라는 단맛의 재료가 되는 작물이었다.

전부터 재배 자체는 했었지만, 설탕으로 쓸 수 있는 양을 확보하기 위해서는 대량으로 재배해야만 했다.

그러나 널리 인지되기 전에 몬스터 템페스트로 인해 많은 사람이 죽은 탓에 일손 부족에 빠졌고, 보리와 옥수수의 생산이 최우선으로 여겨진 결과 아무도 거들떠보지도 않게 되고 말았다.

반크라이프트는 남아도는 노동력과 좋은 기후를 기회로 삼아 이 비트를 대량으로 생산하기 시작했다.

주변 귀족들은 이 부분에서도 놀랐다. 설탕으로 수익을 내려고 해도 그 양을 확보하기까지 몇 년, 혹은 몇십 년이 걸릴지 알 수 없기 때문이다.

그러나 비트는 고작 1년 만에 대풍년이었다. 게다가 설탕을 만들면서 나오는 찌꺼기를 군마(軍馬)의 사료로 채용했다.

군사 영지이기도 한 반크라이프트에서는 군마를 육성하고 있었고, 여기에는 막대한 비용이 들었다. 그렇기에 말은 비쌌다.

말은 몇 마리가 있어도 부족하지만, 밖에서 사는 것보다 자신의 영지에서 키우는 편이 훨씬 저렴하기 때문에 반크라이프트의 말을 사는 사람은 왕족 정도였다.

또한 반크라이프트의 말은 군사용이기도 해서 일정 수를 보유하고 유지할 필요가 있었다. 즉, 막대한 유지비가 드는 물건을 끌어안고 있는 영지인 것이다.

'그게 거의 해소될 정도의 사업을 겨우 몇 년 만에 키워내다니……. 영웅은 얼마나 대단한 수완가인가.'

반크라이프트령을 조사하면 조사할수록 제프리는 감탄의 탄식을 흘렸다.

반크라이프트의 기세에 조금이라도 편승할 수 있을 만한 것은 자신의 영지에서 조달할 수 있는 양봉 꿀뿐이었다.

작물이 넘쳐나게 되면, 그다음에는 보존 방법에 대한 고민을 필요로 한다.

풍작인 밀과 설탕이 시장에 공급되기 시작하면서 보존하기 쉬운 빵과 과자가 점점 나오게 되었다.

그중에서도 특히 귀족을 중심으로 과자가 유행하기 시작하자 단맛에 매료된 사람이 순식간에 넘쳐났다.

이 흐름을 탈 수 있는 것이 있다고 한다면, 그것은 바로 꿀이었다.

때는 바로 지금이라며 제프리는 사명감에 사로잡혔다.

*

제프리는 호위를 몇 명 데리고서 이 일대의 양봉을 관리하는 트리스탄이라는 남자를 찾아갔다.

제프리는 양봉장 규모를 넓히길 원했다.

그러나 트리스탄은 부모님을 여윈 지 오래였고, 지금은 혼자서 양봉장을 관리했다. 이 이상은 관리하기가 어렵다고 하기에 사람을 알선하고 고용하도록 설득을 거듭했다.

그러던 중에 얼마 전 큰아버지 부부가 찾아왔다는 연락이 왔다. 그 부부는 왕도 근처 마을에서 식당을 운영했었다고 한다. 그러나 세월에는 이길 수 없다며 가게를 접고 몸을 의탁할 곳을 찾고 있는 모양이었다.

부부를 염려한 트리스탄은 영주인 제프리에게 이주 허가를 받을 수 없는지 상담했다.

그 말을 들은 제프리는 그 부부를 펠페드에 받아들여 양봉장에서 고용하도록 트리스탄을 설득했다. 인원이 확보되면 양봉장 확대를 받아들여 주리라.

제프리와 트리스탄은 소꿉친구이기도 했기 때문에 서로의 인품을 어느 정도는 알았다.

트리스탄은 과묵하고 성실하기는 했지만, 사람을 상대하는 일에는 서툴렀다. 그래서 남을 고용하는 것보다는 피붙이 쪽이 나으리라고 제프리는 생각했다.

게다가 큰아버지 부부가 식당을 운영했었다고 하니 트리스탄 대신에 사람 상대도 할 수 있을 것이다.

"운이 트이기 시작하고 있어!"

제프리는 자신이 앞날이 밝아 보이는 것만 같았다.

*

트리스탄에게 몸을 의탁한 큰아버지 부부와의 만남도 마치고, 겨우 합의를 볼 수 있었던 제프리는 집으로 돌아가는 마차 안에서 한껏 들떠 있었다.

"이야기에 열중하다 보니 날이 완전히 저물고 말았군. 서둘러 돌아가 와인을 마시고 싶은데."

"참으로 잘됐습니다. 주인님."

맞은편에 앉은, 아버지 대부터 비서로서 도움을 주고 있는 고든도 기뻐하며 웃었다.

고든과는 아버지보다도 더 나이 차이가 났고, 어릴 때부터 여러 가지로 보살핌을 받아왔기 때문에 키워준 부모처럼 따르고 있었다. 그런 고든이 좋아해 주니 너무나도 기뻤다.

"앞으로 단맛의 시대가 올 거다. 반크라이프트를 보고 그렇게 생각했지. 그 정도까지 발전하길 바랄 수는 없겠지만, 나는 내 나름의 방식으로 펠페드를 풍족하게 만들어 보이겠어."

"참으로 마음 든든한 말씀입니다."

제프리의 말에 고든이 감격했다. 더욱 기분이 좋아진 제프리는 돌아가면 함께 술을 마시자고 제안했다.

고든은 기뻐하며 고개를 끄덕였지만, 다음 순간 말 울음소리와 함께 마차가 크게 흔들리고 두 사람은 자세가 무너졌다.

노령인 고든을 보호하려고 제프리는 서둘러 손을 뻗었다.

"고든, 괜찮나?!"

"면목 없습니다……. 저는 괜찮습니다. 주인님이야말로 다친 곳은 없으십니까?"

"괜찮아. ……대체 무슨 일이지?"

마차가 전복되는 일은 면한 모양이었다. 그것만 해도 다행이라며 안도의 한숨을 내쉬었다.

바깥 상황을 살피기 위해 제프리는 창을 가리고 있던 커튼 자락을 잡고 약간의 틈새로 한쪽 눈을 가져갔다.

『무슨 일이냐!』

밖에서 호위의 노성이 들려왔다. 해가 저문 탓에 시야는 어둠에 감싸여 있었다. 호위들의 랜턴 불빛이 이리저리 움직이는 것은 알 수 있었지만, 도적에게 포위당한 것처럼은 보이지 않았다.

"도적 같은 건 아닌 모양인데……. 뭔가를 친 건가?"

"주인님, 제가 나가 보겠습니다."

"……알았네. 조심하도록 해. 자네에게 무슨 일이 생기면 모두 슬퍼할 거야."

"고맙습니다. 조심하겠습니다."

최근 들어 강도 같은 건 현저히 줄었다. 사람이 모이는 곳에 수확물도 많으리라 여기는 것인지, 반크라이프트 주변으로 피해가 집중되고 있었기 때문이다.

그것도 일시적이었는지 모르겠다며 제프리는 미간을 좁혔다. 반크라이프트는 군사령으로 많은 기사가 소속되어 있는 만큼 잡히기 쉽다고 생각해 돌아왔는지도 모른다.

살짝 열린 문틈으로 고든이 빠르게 빠져나갔다. 제프리는 곧바로 문을 잠갔지만, 무슨 일이 생겼을 때를 대비해 자신도 칼자루를 움켜쥐었다.

밖에 주의를 쏟으며 긴장하고 있으려니 갑자기 호위의 비명이 메아리쳤다. 제프리는 그 소리에 어깨를 움찔했다.

『으아아아악! 괴, 괴물……!』

괴물이라는 말에 제프리는 실내를 둘러보았다. 짐승한테는 불이 유효하다. 실내에 걸려 있던 랜턴을 떼어내 왼손에 들고, 칼자루도 움켜쥐고서 뛰쳐나갔다. 밤도둑 같은 부류가 아니라 짐승인지도 모른다.

서둘러 도망쳐야 한다며 고든을 향해 마차 안으로 들어오라고 말하려다 이상한 풍경을 맞닥뜨렸다.

"여자……?"

머리부터 커다란 천을 뒤집어쓰고 온몸을 가렸지만, 그 가느다란 체격은 틀림없는 여자였다. 그 여자는 랜턴 불빛을 싫어하는지 이쪽을 눈치채자 후드를 깊게 눌러쓰고 서둘러 도망쳤다.

"어, 어이!"

무심코 불러 세웠지만 멈출 리 없었다. 제프리의 목소리에 호위들도 정신을 차리고 뒤쫓으려 했지만, 이렇게 시야가 나빠서는 쉽지 않았다.

“멈춰라! 쫓지 마라!”

그렇게 제지하자 호위들도 허둥지둥 이쪽으로 돌아왔다.

“모두 무사한가?”

“네, 넵. 무언가가 튀어나와서 친 줄 알았습니다만…….”

“달려서 도망쳤으니 무사한 걸 테지. 정말이지, 별일이 다 있군.”

제프리는 마차가 전복되지 않아 다행이라며 어깨의 힘을 뺐다.

“밤이라 그나마 다행이었습니다. 이 길에서 마차를 무리하게 세우려 했다면 전복되었을 겁니다.”

호위의 말을 듣고 진심으로 안도했다. 치인 여자가 다쳤는지는 알 수 없었지만, 이쪽은 자칫 죽을 수도 있었다. 미안하다고는 생각했지만, 도망가 버렸으니 뒤를 쫓는 건 그만두기로 했다.

“일단 말과 마차를 확인하고 서둘러 돌아간다.”

“네!”

제프리의 말에 모두가 고개를 끄덕이고 제각기 흩어졌다.

한 사람이 말 상태와 마차의 바퀴를 확인하는 사이에 제프리는 놀라 주저앉은 호위를 살폈다. 일어설 수 있도록 손을 빌려주고 다치지는 않았는지 물었다.

다행히 그도 특별히 다친 곳은 없었다. 이쪽도 무사한 모양이라며 안심한 제프리는 고든을 찾았다.

랜턴을 들어 올려 좌우를 비추었다. 빙글 하고 마차를 한 바퀴 돌았다. 아무래도 반대쪽에 있는 모양이었다.

"고든? 여기 있었군. 무사한가?"

"주, 주인님……."

떨리는 목소리로 말하는 고든을 의아해하며 바라보았다. 이렇게나 동요하는 고든을 보는 것은 처음이었다.

"고든?"

"여, 여자가……."

"고든, 진정해. 여자는 도망쳤어. 이제 없네."

"새, 새까만 여자가……."

"뭐? 새까맣다고?"

무심코 되묻자 고든이 소리치듯이 말했다.

"온몸이 까만 여자가 있었습니다! 그, 그건, 괴물입니다!!"

이 사건을 시작으로, 펠페드에서는 불행이 잇따르게 되고 말았다.

제30화 소문

텐바르 왕성의 한 방, 책상에 쌓인 서류의 산을 보며 한숨을 내쉬는 이가 있었다. 왕태자 가디엘이었다. 이른 아침부터 이 서류의 산을 정리하려 하고 있건만, 전혀 줄어들 기미가 없었다.

아버지인 라비스엘에게서 극히 일부의 업무를 넘겨받게 되었다고는 하나, 정리하자마자 다시 늘어나는 종이 다발에 비례해 한숨이 늘어갔다. 옆에 있던 호위 라베가 쓴웃음을 지었다.

“잠시 쉬시겠습니까?”

“아니, 됐다. 이제 곧 점심시간이니 그때까지 여기 있는 건 정리하고 싶다.”

“알았습니다. 그럼 차만 준비하겠습니다.”

“부탁해.”

오전은 서류 작업, 오후는 검술과 승마와 몸을 움직이는 일이 많다. 최근 들어 밤에는 폐하를 따라 회식에 참석하는 일이 많아졌다.

“오후 예정은?”

“폐하께서 점심 식사 후에 하실 말씀이 있다고 들었습니다. 그다음은 승마가 예정되어 있습니다.”

“……그런가.”

라베가 고개를 한 번 숙이고 옆방으로 다기를 가지러 갔다.

가디엘은 왕인 라비스엘이 자신을 직접 부른 이유를 생각해보았으나 짚이는 바가 없었다.

때때로 잘되어 가느냐며 묻기도 했으니 혹시 경과보고일까 하고 고개를 갸우뚱했다.

하지만 그 정도라면 몇 시간 전에 함께 보냈던 아침 식사 자리에서 해도 충분했을 터다. 그렇다는 건, 새 일이 추가될 가능성이 있을지도 모른다는 데 생각이 미쳤다.

그 내용에 따라서는 눈앞의 일이 정체되고 말지도 모른다.

'그 사건 이후, 나는 의심하는 법을 배우고 말았어.'

가디엘은 쓴웃음을 지으며 그렇게 생각했다.

상황이 어찌 돌아가든 문제가 없도록 눈앞의 종이 다발을 서둘러 처리해야 하리라. 일단 마무리하자며 가디엘은 다음 종이를 끌어당겼다.

*

가디엘이 학원을 졸업한 지 두 달이 지났다. 학원을 관리하던 베른드르가가 몰락하고 벌써 반년이 지나고 있었다.

그 후 학원은 혼란스러워지리라고 예상했으나, 소동은 거의 없었다. 그도 그럴 만했다. 온통 새롭게 태어난 대정령과 계약한 카이의 이야기로 시끌벅적했기 때문이다.

학원생들로서는 잔소리 많은 선생님이 사라졌다는 인식밖에 없는지도 모른다.

베른드르가가 망했다는 소식에 동요한 것은 주변 귀족들과 영토에 세금을 바치던 백성 정도였다.

베른드르는 표면적으로 몬스터 템페스트를 일으킨 원흉으로 공개 처형을 당했다. 또한 여죄로 첩보 활동도 있었다.

이 사실이 밝혀지자 몬스터 템페스트로 피해를 본 이들의 분노가 베른드르로 집중되었다.

마물과 대치하다 다친 자, 가족을 잃은 자, 직업을 잃은 자. 십수 년이 흐르기는 했지만, 마치 꺼져가던 불씨가 단숨에 폭발하듯 베른드르 영지 곳곳에서 불길이 일었다.

베른드르의 저택은 방화로 잿더미가 되었고, 학원에도 폭거가 미칠 뻔했다. 그러나 사우벨이 이끄는 기사단이 사전에 눈치채고 학생들을 지키기 위해 학원 수비에 나선 덕분에 무사할 수 있었다.

폐쇄적인 학원에서 지내는 학생들은 기사과의 훈련이라고 생각한 모양이었다.

베른드르의 공개 처형에는 분노에 찬 자들이 모였고, 외면하고 싶어질 만큼 처참한 자리가 되었다.

그 광경은 가디엘의 뇌리에 새겨져 때때로 악몽이 되어 덮쳐들었다.

베른드르의 선조가 범한 죄는 그대로 텐바르 왕가의 죄이기도 했다.

정령들에게 단죄를 받아도 이상하지 않은 상황에서, 어째서 자신들은 무사히 살아 있는 것일까. 가디엘은 이를 순수하게 의문으로 여겼다.

그 점을 라비스엘에게 여쭤본 적이 있었다. 그러자 의외의 답이 돌아왔다.

『나도 로벨에게 들었지. 대정령들이 모이면 한 일족만을 없애는 섬세한 곡예는 불가능하다고 하더구나. 나라를 통째로 날려버리게 될 거라고 했다.』

『그런…….』

『사람이 한 번에 대량으로 죽으면 여신에게 성가신 일이라고 했다. 뭐, 살려둔 이유가 있을 테지.』

그렇게 웃으며 라비스엘은 가르쳐주었다. 그리고 무언가를 떠올린 것처럼 덧붙였다.

『그리고 전쟁을 벌이지 말라고 하더구나. 어렵겠지만, 그럴 수 있도록 노력할 수밖에 없겠지. 전쟁은 돈이 된다. 욕심에 눈이 멀어 전쟁을 벌이려 드는 자가 많으니 막으려면 꽤나 고생이겠지만 말이다.』

고생할 거라고 말하는 라비스엘의 옆에서 가디엘은 험악한 표정을 지었다.

『우리는 여신에 의해 살아 있고, 로벨과 엘렌에게 도움을 받았다. 그건 아느냐?』

라비스엘에게 그런 질문을 받은 가디엘은 대답과 함께 고개를 끄덕였다.

가디엘은 엘렌에게 왕가의 선조가 한 행동은 백성을 구하기 위한 일이었으니 사죄해서는 안 된다고 충고 받았던 기억을 떠올렸다.

참혹한 일을 당했던 과거가 있음에도 이쪽을 배려하고 도와준

두 사람에게는 놀라지 않을 수 없었다.

로벨의 형제가 텐바르에 있기 때문일까?

반크라이프트가 소중히 여기는 백성을 위해서일까?

'가족에게 손을 대지 말라고 충고했던 엘렌이라면, 분명 가족이 텐바르에 있기 때문이겠지.'

과거 엘렌에게 충고 받았던 적이 있다고 전하자 라비스엘도 조금 놀란 표정을 지었다.

『엘렌답군.』

그리 말하며 웃는 라비스엘을 보며 가디엘은 놀랐다. 자신이 품고 있던 엘렌의 인상과 달랐기 때문이다.

'엘렌은…… 정령들은, 우리가 더욱 싫어진 거라고만…….'

가디엘은 솔직히 그런 식으로 생각했었다.

왕가는 엘렌에게 약을 받고 있지만, 그것이 중단되지 않은 것은 오로지 엘렌의 온정 덕분이다.

라비스엘이 말한 것처럼 엘렌과 로벨이 반크라이프트가에 있어 주는 것만으로도 그 은혜는 헤아릴 수 없었다.

그러나 가디엘은 그 부분에서 벽을 느꼈다.

'엘렌은 일방적으로 의지하지 않아. 그러기는커녕 이용 가치가 있으면 교섭까지 하려 든다. 정령과 왕가의 불화를 제쳐두고, 이용할 수 있는 건 이용하는 거야.'

이 얼마나 깔끔한가.

그러나 그러한 이해관계보다, 가디엘은 어린 시절부터 정령과 친구가 되고 싶다고 하는 꿈을 갖고 있었다. 언제까지 꿈을 꾸고 있을 셈이냐고 스스로도 생각했지만, 어린 시절 품었던 동경은 여전했다.

엘렌은 왕가를 제재하지도 않고, 또 과거를 방패로 삼아 무언가를 요구하지도 않았다.

그럴 가치조차 없다고 정면에서 부정당하고 있는 것이라 깨닫자 그것이 슬펐다.

*

가디엘은 왕가와 반크라이프트가의 관계성을 머릿속으로 그리며 엘렌이 영지에서 실시하고 있는 정책을 조사했다.

본래라면 라비스엘이 해야 할 일이었지만, 마침 잘됐다는 듯이 가디엘에게 떠넘긴 것이다.

물론 가디엘이 허가한 것과 대책으로 제안한 것 등을 다시 검토하는 것은 라비스엘이지만. 가디엘은 엘렌이 관여한 일이라고는 하나 어째서 군사 관련보다 치료원에 관한 것을 우선시하는지 의문으로 여겼다.

마치 엘렌을 향한 마음을 간파당하고 희롱당하는 것 같았다. 가디엘은 솟구쳐 오르는 불쾌감을 배 속 깊이 눌러 삼키고서 보고서로 시선을 돌렸다.

보고서에는 엘렌이 제안한 「트리아지(triage)」라는 방법에 관해

쓰여 있었다. 환자의 중증도에 따라 진찰 순서를 정한다는 방법이었다.

이러한 방법이 없었던 것은 아니다. 그러나 그것들은 치료사 개개인이 알아서 하던 일이었고, 이렇게 위에서 지시를 내릴 필요성을 생각도 하지 못했었다.

그 분류는 너무나도 적확해서 정령이 관여하고 있는 것이 아닌가 하는 소문까지 돌았다.

이것은 정말로 정령이 관여하고 있는지 어떤지 진위를 확인하기 위한 보고서였다.

보고서에는 분명 관여하고 있다고 쓰여 있었지만, 어째선지 그 정령을 본 환자는 없다고 하며 정령 치료사만 볼 수 있다고 한다.

'누군가의 정령인 걸까?'

엘렌이 필요성을 외친 것이라면, 정령계에서 일부러 데려왔을 가능성이 있는 것은 아닐까?

트리아지는 점차 확대되었고, 같은 방식을 도입하고 싶다는 탄원서가 가디엘 앞으로 날아들게 되었다.

정령이 분류하는 것이라면 무리가 아닐까? 하는 생각이 들기도 했지만, 아마도 그것과는 별도로 확실한 기준을 마련했을 것이다. 직접 들을 수 있다면 꼭 그 방법을 알고 싶었다.

산처럼 쌓인 보고서를 훑어본 가디엘은 반크라이프트령이 실시하는 치료 방침을 알면 알수록 엘렌이 무엇을 하고 있는지, 그리고 영지에 무엇을 가져왔는지가 손에 잡힐 듯 알 것만 같아 속이 답답했다. 치료원 개혁에는 거의 엘렌이 관여하고 있으리라.

'폐하가 엘렌을 원할 만도 해…….'

이토록 유능한 인재가 달리 또 있을까?

자신에게 이런 일을 가능한지 묻는다면 부정할 것이다. 생각할 수도 없는 것을, 온갖 방법으로 실천하고 있다. 엘렌에게는 그 지혜와 실행할 힘이 있었다.

자신보다도 어린 사람의 수완을 이렇게나 보다 보니 속이 쓰렸다.

라비스엘은 입버릇처럼 「엘렌이 딸이었다면」하고 중얼거렸다. 아마도 가디엘 앞에서만, 일부러 말하는 것이리라.

"나도……."

가디엘은 부루퉁하게 툭 내뱉었다. 그러다 놀라 정신을 차리고 주변을 둘러보았다. 생각이 입으로 나오고 말았다. 다행히 라베는 아직 돌아오지 않은 모양이었다.

이런 혼잣말을 라베가 듣는다면 희희낙락하며 꼬치꼬치 캐물을 것이 뻔했다.

이 자리에 없어서 다행이라고, 가디엘은 살짝 얼굴을 붉히며 안도의 한숨을 내쉬었다.

동경과 질투와 선망 같은 다양한 감정이 가디엘을 뒤흔들었다.

'안 돼. 집중력이 떨어지고 있어.'

고개를 가로저어 머리에서 잡념을 떨쳐냈다. 다시 한번 앞에 있는 서류를 훑어보며 이것을 왕궁에 소속된 치료사들이 할 수 있을지 생각했다.

귀족과 얽힌 의사와 치료사들에게 치료하는 순서를 묻는다면 어떤 대답이 돌아올까.

귀족의 서열, 돈, 명성…… 그러나, 반크라이프트령의 치료원에서는 귀족이 아니라 평민을 상대한다.

그러한 세속적인 기준을 전부 배제했다는 것을 한눈에 알 수 있었다. 이 이야기를 들은 의사와 치료사들은 비웃지 않을까?

약을 노리고 꾀병을 부린 자는 정령이 날려버린다고 하는 소문도 끊이지 않는다.

중병일 때는 더욱 고도의 치료를 실시한다고 한다. 그것들은 사망자 감소라는 결과를 만들어냈다.

그중에서도 가장 많이 올라온 탄원서는 산파를 고용한 『조산원』이라는 새로운 개념의 치료원을 왕도에도 만들어달라는 것이었다.

여성 의사, 치료사, 산파로 구성된 치료원은 임신한 여성들이 주로 이용한다.

이것은 반크라이프트령의 현저한 출생률 증가라는 결과를 가져왔다. 지난 1년 동안의 증가는 놀라울 정도였다.

텐바르 왕국은 몬스터 템페스트로 많은 백성을 잃었다. 그 후로 15년이 흘렀다고는 하지만, 직후에 간단히 아이가 태어날 리도 없었다. 그런고로 이 결과에 라비스엘이 기뻐하지 않을 리 없었다.

백성의 수는 나라의 힘이기도 하다. 지나치게 늘면 문제가 생기지만, 줄어드는 것도 문제다.

출산 시에 무슨 일이 생기면 곧바로 의사와 정령 치료사의 치료를 받을 수 있어 아이의 사망이 줄어든 부분이 특히 컸을 것이다.

그리고 아이가 태어난 후에는 산파에게 육아 지도 등을 한동안 받을 수 있다고 듣고 자연히 임산부가 모여들었다.

사람이 늘면서 다툼 등도 늘었지만, 본래 군사령이었던 만큼 곧바로 기사가 나타나 중재에 나섰다.

왕도에서 이러한 일들이 가능할지 가디엘은 고민하고 바로 부정했다.

반크라이프트령이기에 가능한 일이다. 엘렌이기에 순식간에 대응책을 짜내고, 실행할 수 있는 일이다.

최근에 반크라이프트령으로 파견된 흄이라는 치료사가 있다.

정기적으로 올라오는 보고서를 읽고 반크라이프트령에 동경을 품고 파견을 희망하는 자가 하나둘 나오고 있는 것을 알고 있었다.

완고하고 융통성 없는 상사가 있는 왕궁보다 보람 있는 반크라이프트령으로 가고 싶은 것이리라.

그중에는 왕궁을 그만두고 독자적으로 반크라이프트령으로 향한 자도 있다고 한다.

그런 자들이 모여들면서 집이 부족하게 되자 엘렌은 「사택」을 준비했다.

'이대로 가면 엘렌에게 인재를 전부 빼앗길 거야.'

보고서를 읽을수록 가디엘의 미간에 주름이 잡혀갔다.

이번에는 지나치게 집중한 나머지 라베가 돌아온 것도 눈치채지 못했다.

*

점심시간 직전에 겨우 서류를 정리한 가디엘은 뭉친 두 팔을 뻗었다. 어깨에서 우두둑하고 둔탁한 소리가 났다.

"서류 작업은 평소 하던 공부보다 지치는군. 라베, 이걸 폐하께 전해드려 줘."

"알았습니다. 고생하셨습니다. 전하."

"몸을 움직이지 않은 탓인지 그다지 배가 안 고픈걸. 학원에 있을 때는 금방 배가 꺼졌는데 말이야."

"성장기였기 때문이겠지요. 슬슬 안정되어가는지도 모르겠습니다. 키도 지난 1년 동안 상당히 커지셨으니까요."

"그런가?"

가디엘은 열일곱 살이 되었다. 얼마 전 학원을 졸업했지만, 그 이후에도 쑥쑥 키가 컸다. 이제 곧 180센티미터가 될 정도였다.

라베를 비롯한 호위들과 키가 비슷해진 것은 가디엘로서도 기쁜 일이었다.

"저로서는 그쯤에서 멈춰주셨으면 좋겠습니다만."

"과연. 그건 좀 더 커야 한다는 말이로군."

"학원을 졸업하고서 전하가 안 귀여워지셨어요~~."

"정말이지 무례한 녀석이야. 조금은 어른이 됐다고 해줘."

가디엘은 어이없어하면서도 웃었다.

라베를 포함한 가디엘의 호위 세 사람은, 가디엘에게 형 같은 존재였다.

라베로서는 돌봐주던 귀여운 동생이 성장하여 자랑스러우면서도 섭섭하다……라는 기분이 드는 모양이었다.

"전하, 오후에 있는 폐하와의 일정 말입니다만."

"응? 왜 그러지?"

"그 후의 승마 예정이 취소되었습니다. 폐하와 대화하시는 자리에 저희도 동석하겠습니다."

"……알았다."

가디엘의 호위는 세 사람이 교대로 맡으며, 그중 한 명이 가디엘에게 늘 붙어 있는다.

식사와 휴식을 위해 오후에 교대하는 일도 있지만, 이런 자리에 한꺼번에 불려가는 것은 반크라이프트령에서 정체불명의 약에 관해 조사하라는 명을 받은 이후 처음인 듯했다.

아마도라기보다 거의 확실하게 어딘가로 보내지리라.

"서류를 끝내둔 게 정답이었어."

"오호라, 그것참."

라베가 기쁜 듯이 미소를 짓고 있었다. 마치 성장을 기뻐하는 형처럼 보여 가디엘은 어쩐지 쑥스러워졌다.

깨닫고 보니 라베 덕분에 긴장했던 마음이 풀렸다. 식사를 하고 기합을 넣자고 생각하며 가디엘은 의자에서 일어났다.

*

식사를 마친 가디엘은 라베, 포겔, 트루크와 합류하여 라비스엘의 집무실로 향했다.

문 양옆에서 대기하던 근위들이 이쪽을 알아보고 경례했다. 호위들이 근위들에게 간단한 경례로 답하는 것을 곁눈질하며 가디엘은 근위가 문을 열기를 기다렸다.

“폐하, 가디엘 전하가 오셨습니다.”

“그래. 들어오라고 하게.”

“실례합니다.”

인사하며 들어가자 라비스엘은 의자에서 몸을 일으키며 소파에 앉으라고 권했다. 가디엘만 자리에 앉고 라베 일행은 소파 뒤쪽에서 대기했다.

“보고서를 읽었다. 열심히 하는 모양이구나.”

“감사합니다.”

라비스엘도 가디엘의 맞은편에 앉아 등받이에 몸을 기댔다. 곁에서 시중을 드는 근위에게 「차를」이라며 한 마디를 전하자 근위가 고개를 숙이고서 나갔다.

“가디엘, 펠페드령을 알고 있느냐?”

“펠페드…… 오렌지와 사과 같은 과수를 주로 한 작물이 많고, 올해는 결실이 좋다고 들었습니다. 지난번 파티에서 양봉 규모를 키우고 싶다고 제프리 님이 이야기했지요.”

"오호? 네게 직접 말했던 건가? 그래서, 그 양봉을 너는 어찌 생각하지?"

"단맛은 팔립니다. 제게 돌려 말한 건 출자 목적일 거라고 봅니다만, 한동안 상황을 봐야겠지요. 반크라이프트의 비트에는 밀립니다. 저쪽은 찌꺼기가 가축의 먹이가 된다고 하니 손실이 없습니다. 하지만 양봉의 벌들은 겨울에는 움직이지 못하니 수확에 차이가 나지요. 밀랍은 쓸 수 있지만, 그건 나무나 물고기, 곤충에서도 채취할 수 있으니 장점이 되지 못하리라고 생각했습니다."

"그렇기에 규모를 키우고 싶다, 라는 건가. 뭐 마음은 이해되는군."

"네."

그렇게 말하고 라비스엘은 책상으로 돌아가더니 빠르게 서류 한 장을 가져와 가디엘에게 건넸다.

그 서류를 자세히 살펴보니, 펠페드에서 운영하는 양봉장에 대한 원조 요청서였다. 파티에서 가디엘에게 돌려 말했던 것은 이것의 사전 작업이었으리라.

가디엘에게 말해두고서 요청서를 폐하에게 직접 올리다니 어찌된 일인가. 어이없다는 얼굴로 서류를 살피는 가디엘을 흥미롭게 바라보며 라비스엘은 미소를 머금고 물었다.

"엘렌은 비트에 대한 출자를 요청해 오지 않은 건가?"

"신청은 없었습니다……라고 해야 할지, 반크라이프트에서는 아무것도……."

"뭐, 그럴 테지. 엘렌은 빚을 지는 걸 싫어하니까."

"네."

"요청할 때는 약점을 알아채기 전에 교환 조건을 들고 오니 말이야. 물론 교환 조건을 내걸어 본들 이미 모든 걸 꿰뚫어 보고 있어 상대하기 어렵지만."

"……."

"훗."

가디엘의 가라앉은 표정에 라비스엘은 참지 못하고 웃음을 터뜨렸다.

"엘렌의 상대가 못 되어 불만인가 보구나."

"그런 일은……."

"뭐 됐다. 본론으로 들어가지. 펠페드에서 기사단을 통해 조사 의뢰를 해 왔다."

"무슨 일이 있었던 겁니까?"

일단 각 영토의 문제도 살피고 있었는데, 펠페드에서 올라온 의뢰 중에 라비스엘에게 직접 보냈던 것이 있었다는 사실에 가디엘은 놀랐다.

"검은 여자, 라는 소문을 들어본 적이 있느냐?"

"검은 여자…… 아뇨, 없습니다."

가디엘이 고개를 가로젓자 라비스엘은 웃었다.

"소문이라고는 하나 검은 여자가 전염병에 걸려 병원체를 뿌리고 다닌다는 의혹이 있었다. 비밀리에 조사 중이었지."

"전염병……!"

가디엘은 무심코 자리에서 벌떡 일어났다. 라비스엘이 시선으로 그러한 태도를 나무라자 가디엘은 제정신을 차리고 사과하며 소파에 다시 앉았다.

"처음에는 그저 목격 정보였던 모양이다. 펠페드 외곽 숲에서 소문이 돌았고, 주재하던 병사가 조사했지만 그런 여자는 발견하지 못했다고 한다."

"달리 발병한 사람은 없었던 겁니까?"

"추문이 두려워서 여자를 감춘 자가 존재할 가능성은 있지만, 현재로는 그 여자 이외의 목격 정보는 없다. 또 피부가 검게 변하는 기이한 병도 발견하지 못했다."

가디엘은 그 말을 듣고 긴장했던 어깨의 힘이 풀린 듯했다.

기억에 있는 것은 수년 전에 반크라이프트의 약을 조사하던 때였다. 그때도 비슷하게 긴장했었다.

원래대로라면 왕태자인 가디엘은 만약의 사태에 대비해 그러한 자리에 가서는 안 되었다. 그러나 라비스엘은 가차 없이 가디엘에게 가라고 명령했다.

오히려 병에 한 번 걸림으로써 이후 그 병에는 잘 걸리지 않게 된다는 사례를 알고 있기 때문인지, 젊을 때 적극적으로 병에 걸려야 한다는 말까지 했다. 엘렌의 말에 따르면 그것을 항체라고 한다는 모양이었다.

그러나 병으로 후사를 잃을 가능성도 있는 만큼, 왕궁 치료사들은 라비스엘의 발언에 다급히 반론했다.

정령 마법에 의지할 수 없으니 이러한 식으로 스스로를 지킬 수밖에 없는 것이라고, 지금은 이해할 수 있었다.

최근에는 이 점을 노리고 병이 만연한 곳으로 보내지는 것은 아닌가 하고 의심하지 않을 수 없었다.

"기사단을 통해서라는 건, 사우벨 님도 아시는 겁니까?"

"사전에 엘렌에게 물어봤나 보더구나. 피부가 어둠처럼 새까맣게 물들었다는 건 선천성으로, 감염의 우려는 없는 경우가 대부분이라고 한다. 나머지는 병과 부상 등으로 생긴 피부의 반점이라고 하는데, 그것들과는 별개로 짚이는 바가 있다고 사우벨은 말하더구나."

"네……? 짚이는 바가 있다고요?"

"기억하고 있겠지? 사우벨의 후처 말이다. 아니, 이미 이혼했던가?"

"이혼하신 건 알고 있습니다만…… 결혼식 때 한 번 본 정도라……. 아, 분명 검은 머리카락이라는 건 기억하고 있습니다."

"여자 쪽에서 부정을 저질렀다는 이야기는 들었을 테지? 어리석게도 여신의 단죄가 두려워 사우벨을 죽이려 했다더군. 그걸 안 엘렌이 분노하며 여신의 단죄를 내렸고, 목 아래쪽이 새까만 가시나무로 뒤덮였다고 한다."

그렇게 말하며 웃는 라비스엘과 달리 가디엘은 갑작스럽게 알게 된 정보가 너무 많아 혼란을 느꼈다.

"정적의 악마로 이름 높은 사우벨 님을 죽이려 했다니…… 그 무슨 터무니없는 짓을."

예상하지 못했던 가디엘의 반응에 라비스엘이 어깨를 들썩이며 웃었다.

"크크큭. 너는 그 점이 신경 쓰이는 것이냐?!"

로벨에게는 『얼음의 귀공자』와 『정령의 신검』 같은 이명이 몇 개나 있는데, 그것은 그에게만 있는 것이 아니었다.

기사에 속하는 반크라이프트가의 사람들에게는 이명이 통례처럼 존재한다. 사우벨도 또한 예외가 아닌지라, 뒤에서는 『정적의 악마』라고 불렸다.

사우벨은 전투 이외의 상황에서는 심약한 인상을 주는 편이지만, 그 모습을 보고 얕보고 있다간 어느샌가 상대가 죽어 있다. 조용히, 그리고 웃으며 확실하게 처리한다.

입가에 웃음을 띤 채, 조용히 재빠르게 다가오는 그 모습에서 『정적의 악마』라고 불렸다.

그즈음에 근위병이 차를 가져왔다. 눈앞에서 차를 끓이고, 먼저 기미 담당이 마신다. 기미가 끝날 때쯤이면 조금 식은 차가 테이블에 놓였다.

라비스엘이 먼저 차를 마시는 것을 확인하고서 가디엘도 차를 입에 댔다.

라비스엘은 솜씨 좋게 소리를 내지 않고 들고 있던 잔을 잔 받침 위에 올려놓았다.

"설령 농담이라도 우리 기사단장을 죽이려 한 건 아주 재미있었지만, 전염병은 아니다. 엘렌과 로벨이 정령을 써서 확인했으니 틀림없다."

과거의 불화 따위는 문제 삼지 않고, 백성을 위한 일이라며 바로 조사해준 엘렌 일행의 시원스러움에 도움을 받았다.

"그건…… 다행입니다."

"뭐지? 역시 네가 엘렌에게 확인하고 싶었던 것이냐?"

"폐, 폐하!"

어찌할 바를 몰라 하는 모습을 보며 놀리는 라비스엘 때문에 가디엘은 이 자리에 있는 것이 마음 불편해졌다.

어서 용건을 끝내주었으면…… 하고 생각하고 있으려니, 바로 얼굴에 티가 났는지 라비스엘에게 들키고 말았다.

"어서 용건이나 말하라는 표정 짓지 마라."

"윽…… 죄송합니다."

솔직하게 사과하자 라비스엘이 웃음을 터뜨렸다.

"너도 그렇고 사우벨도 그렇고 생각하는 게 얼굴에 지나치게 드러나는구나."

한숨을 한 번 내쉰 라비스엘은 말을 이었다.

"검은 여자에 관한 소문을 들은 병사가 주변을 탐색했는데, 펠페드에서 묘한 도적이 출몰하고 있다는 모양이다."

"묘한 도적……입니까?"

"검은 여자가 벌인 짓인가 싶었지만, 이상하게 통솔이 잘 되어 있다더구나. 그러니, 가디엘. 다녀오거라."

"폐하는 언제나 갑작스러우십니다."

그곳엔 사우벨 님이 가지 않는 겁니까? 하고 가디엘이 물으니

「검은 여자의 정체가 전 부인이라고 한다면 도망갈 수 있다」라는 말을 듣고 말았다.

게다가 마침 펠페드에서 양봉 원조 요청서가 올라왔으니 직접 가서 보고 오라는 말까지 듣고 나면 더는 아무런 대꾸도 할 수 없었다.

"네 예정에 슬슬 영지 시찰을 넣을까 하던 참이다. 마침 잘됐지."

"……알았습니다."

"가디엘, 어째서 내가 네게 군사보다 치료원 관련 일을 가장 먼저 맡겼는지 이해하고 있느냐?"

잠시 생각했지만, 가디엘은 솔직한 마음으로 답했다.

"……엘렌의 수완을 보라는 의미라고 생각했습니다. 그녀의 수완은, 무척 공부가 됩니다."

"그것도 있지만, 정령과 계약할 수 없는 우리에게 있어 반크라이프트가는 이 나라의 핵심이다."

"네."

"하지만, 동시에 약점이기도 하지."

"네……?"

고개를 끄덕이려던 가디엘은 설마 하는 얼굴을 했다.

"너도 기억이 생생하겠지? 첫 시찰로 반크라이프트로 가라. 이상이다."

용건은 끝났다며 라비스엘은 자리에서 일어났다. 가디엘도 마찬가지로 자리에서 일어나 인사를 하고 집무실을 나섰다.

방으로 돌아온 가디엘은 곧바로 호위 세 사람에게 지시를 내렸다.
“포겔, 사우벨의 전처…… 라필리아 모친의 친족을 조사해라. 현재 있는 곳도.”
“네.”
“라베, 사우벨 님에게 시찰 타진을 해라. 그리고 조사를 돕도록.”
“알았습니다.”
“트루크, 곧장 펠페드로 갈 수 있겠나?”
“물론입니다. 도적 정보도 모아 오겠습니다.”
“반크라이프트의 시찰이 끝나는 대로 바로 움직일 수 있도록 해줘. 그럼 시작해.”
세 사람의 대답을 듣고서 가디엘은 라베와 함께 서고로 향했다.
“무얼 조사하시겠습니까?”
“펠페드의 지형이 기록된 걸 가져와 줘. 그리고 목격 정보 기록도 보고 싶은데.”
“네. 달리 더 없으십니까?”
“그리고…… 펠페드에서 세금을 내는 백성 일람과 주민 수용 기록도 가져다줘.”
“알았습니다.”
가디엘은 반크라이프트의 가계도, 사우벨의 이혼 서류 등을 대충 정리해나갔다. 그리고 잊어서는 안 되는, 이웃나라도.
“엘렌에게 들키기 전에 움직여야만 해…….”
가디엘은 무언가에 씐 것처럼 서고 책상에 서류를 산처럼 쌓아갔다. 그 모습을 곁에서 보고 있던 라베는 조금 놀라면서도 쓴웃음을 지었다.

제31화 상담

바쁜 날들을 보내는 사우벨은 로렌에게서 건네받은 편지를 보고 눈을 가늘게 떴다.

발신인은 가디엘의 측근 중 한 사람이었다. 성에서도 몇 번인가 본 적은 있었지만, 사우벨은 왕 직속이라 라비스엘이 내린 명령으로 얽혔던 일밖에 없었다.

그도 그럴 것이 왕태자 교육에 아직 군사 관계는 포함되어 있지 않았기 때문이다. 서로 얼굴과 이름만은 아는 정도였다.

아니, 제대로 만난 일이 있다고 하면 있을지도 모른다. 라필리아 유괴 사건 때부터라고 해야 할까.

달리 개인적으로 연락이 오는 일이 있었던가 하고 막연히 기억을 뒤져보았지만, 고개를 갸우뚱할 뿐 아무것도 나오지 않았다. 일단 봉랍을 소리 내어 떼어내고, 안의 편지를 꺼냈다.

안에 쓰인 글자를 따라 시선을 옮겨갈수록 사우벨의 미간에 주름이 늘어갔다.

내용은 이러했다.

『반크라이프트령 시찰을 왕태자 전하가 맡으시기로 정해졌습니다. 그러니 그 일정과 경비 배치에 관한 상담을 나누고자 서둘러 연락을 드렸습니다.』

"……폐하가 아니라?"

당연히 라비스엘과 함께 오리라고만 생각하고 있었던 탓에 사우벨은 당황했다.

학원을 졸업한 가디엘의 왕태자 교육이 시작된 지 두 달이 되었다. 분명 슬슬 시찰을 오리라고는 생각했으나, 설마 가디엘만 오리라고 누가 예상이나 했을까. 게다가 라비스엘에게는 아무런 말도 듣지 못했다.

왕도 바로 옆에 있는 이 반크라이프트령은 텐바르국의 군사 시설도 겸하고 있다.

최근에는 치료 시설도 설립하고 현저한 발전을 이룬 반크라이프트령. 그리고 가디엘도 왕태자 교육의 일환으로 정령 마법사, 그중에서도 치료사와 치료원에 관한 일의 일부를 맡고 있다고 들었다.

그리 생각하면 분명 부자연스럽지는 않다. 그러나 라비스엘이 오지 않는 것이 아무래도 이해되지 않았다. 게다가 가디엘만이 시찰에 온다고 한다면, 생각할 수 있는 문제가 하나 생기고 만다.

"이래서는 형님이 협력해주시지 않을 거야!"

편지를 움켜쥔 사우벨은 머리를 끌어안았다.

"흐음."

그 옆에 있던 로렌은 한쪽 눈썹을 살짝 움직였다.

거기에 사우벨의 외침이 추가되고 내용이 「로벨」이 되면, 로렌도 왕가가 얽힌 일이라는 것을 눈치채리라.

이 상황이 계속되면 사우벨의 위통의 원인이 늘어난다는 사실을 깨달은 로렌은 곧바로 그를 위해 달짝지근한 밀크티를 끓였다.

그런 로렌의 마음 씀씀이가 옆에서 베풀어지고 있다는 사실은 모른 채, 사우벨은 무거운 한숨을 몇 번이나 내쉬었다.

왕궁에서 사우벨은 기사단을 맡고 있는 누구에게나 인정받는 기사단장이지만, 집안의 일에 대해선 바로 약해진다.

이것도 아기엘에게 당해왔던 일들이 트라우마가 되어 영지 경영을 거북해하는 의식이 싹트고 말았기 때문인 듯했다.

라비스엘이 시찰을 온다고 한다면 싫어하면서도 로벨은 동석해 줄 터다.

사우벨 자신이 기사단장으로서의 책무에 쫓기는 사이에 영지 일은 로벨, 엘렌, 로렌, 이자벨라가 도와주고 있다.

그중에서도 치료원에 관해서는 엘렌이 중심이 되어 있어서 영주인 사우벨 자신도 전체상을 다 파악하지 못했다.

엘렌은 자주 「이렇게 하면 어떨까요?」 하고 제안하곤 한다. 계속해서 생기는 문제에 지혜를 내주는데, 그 규모가 아무래도 이상했다.

엘렌에게서 힌트를 얻고, 깨닫고 보면 단숨에 비약해가는 치료원 경영이 사우벨의 설명으로 충분할 거라고는 생각할 수 없었다.

로벨이 동석하지 않는다면 자연스레 엘렌도 동석하지 못할 것이다. 아니, 왕족이 동석하니 로벨은 확실하게 엘렌을 제외하리라. 그렇게 된다면 동아줄은 로벨만 남는다.

그 로벨이 안 된다고 예상한다면 남는 것은 치료사들밖에 없다. 하지만 그들도 또한 일손이 부족해 언제나 몹시 바쁘다. 그런 중에 시찰에 동석해달라고 부탁하는 것은 내키지 않았다.

하지만 그럴 때가 아니라고 자신을 설득하고, 사우벨은 흄에게 동석을 부탁해보았다.

"네? 이런 바쁜 때 그 녀석이 오는 겁니까? 정말이지 민폐로군요."

역시나 신랄한 대사를 듣고 말았다. 그런 답을 들으리라는 것은 예상했으나 사우벨은 흄의 태도에 조금 놀랐다.

"전하와는 이전에 함께 행동하지 않았나? 동갑이고 해서 사이가 좋을 거라고만 생각했는데, 아니었나?"

무심코 그렇게 묻자 흄은 어처구니가 없다는 듯 얼굴을 찌푸리며 말했다.

"그건 폐하의 명령으로 할 수 없이 동석했던 것뿐입니다. 전하는 저주받은 몸이라 저의 애슈트에게 접근시키고 싶지 않습니다."

"아아, 그랬지. 흄도 정령 마법사였어."

치료원에는 정령 마법사들이 다수 소속되어 있다. 가디엘은 저주를 받아 정령이 다가가지 못한다. 그렇다면 대부분의 치료사는 동석할 수 없게 된다. 이 일을 어쩌냐며 사우벨은 하늘을 올려다보았다.

"정령들이 무서워하니까 그 녀석이 치료원에 오는 상황은 피해줬으면 합니다."

이제 이건 시찰을 할 만한 상황이 아니지 않을까 하고 사우벨은 먼눈을 했다.

*

엘렌과 로벨은 상담할 것이 있다는 사우벨의 말에 반크라이프트의 저택으로 향했다.

그러나 두 사람이 사우벨을 본 순간, 아직 이야기를 듣지도 않았음에도 안 좋은 예감이 들었다.

동석한 반과 카이까지도 사우벨의 상태가 이상하다는 사실을 눈치챘다.

그도 그럴 것이 그는 몹시 난처한 얼굴을 하고 있었던 것이다. 뭔가 좋지 않은 일을 감추고 있는 것은 아닐까? 그런 의심의 눈초리를 보내고 있으려니, 예상대로 왕가에서 시찰을 온다는 말을 꺼냈다.

사우벨이 거북해하며 사정을 설명하자 곧바로 로벨이 거부했다.

"아아— 형니임!"

도와달라고 소리치는 사우벨과 로벨의 공방전. 바로 그 자리에서 로벨은 직접 라비스엘에게 거절하고 오겠다며 전이했지만, 금세 반격을 당하고 돌아왔다.

돌아오자마자 정곡을 찔리고 엘렌의 손바닥 위에 있는 로벨을 본 사우벨이 「엘렌, 형님에게 더 말해주렴!」하고 소리쳤다.

평소와 같은 대화를 흐뭇하게 보고 있는 로렌, 카이, 반. 그러나 이어서 나온 엘렌의 말에 모두가 놀라며 눈을 부릅떴다.

"동석하겠습니다. 아버지."

"안 되는 게 당연하잖아!"

당황하는 로벨에게 엘렌은 냉정하게 답했다.

"전하와 제대로 거리를 두겠습니다. 시찰 설명은 물론이고, 좀 묻고 싶은 게 있어요."

"묻고 싶은 거? 전하에게?"

사우벨이 걱정스러워하며 엘렌에게 물었다.

"네. 왕도의 치료원에 관한 건 전하가 담당하고 있다고 들었습니다."

"그렇기는 하지만, 대체 무얼 묻고 싶은 거니?"

"……."

갑자기 입을 다물어버린 엘렌은 설명해도 좋은 것인가 생각하고 있었다.

"엘렌, 아버지에게 말해보렴. 내가 물어봐 줄 테니까."

"……아버지에게 말하면, 제가 동석하지 못하게 될 것 같은데요."

"당연하지. 엘렌에게 동석 같은 건 시키고 싶지 않아. 아니, 전하의 시야에 엘렌이 들어가는 게 싫어."

"전적으로 동감합니다."

갑자기 카이까지 그런 말을 했다. 반은 무표정했지만, 엘렌을 힐끔 보며 『괜찮으십니까?』하고 염화를 보내 걱정해주었다.

주변의 반대에 엘렌은 반항심이 불쑥 솟구쳤다.

엘렌도 주변 사람들이 반대하는 의미를 모르는 것은 아니었다. 오히려 걱정해주고 있다는 것도 아주 잘 알았다. 그래서 엘렌의 반항적인 태도는 한순간뿐이었고, 점점 슬픈 표정이 되어갔다.

““으윽…….””
엘렌이 의기소침하게 고개를 떨구는 모습을 본 모두가 신음했다.
“아— 엘렌, 전하에게 묻고 싶다는 건 치료원에 관한 거니?”
사우벨이 알아내려 시도해보았다. 그 말에 엘렌은「네」하고 답했다.
“형님, 치료원에 관한 거라면 엘렌이 직접 묻는 편이 좋지 않겠습니까?”
“어이, 사우벨. 설마 너 엘렌을 동석시킬 셈이냐?”
로벨이 새까만 분노를 내뿜으며 사우벨을 위압했다.
친동생에게 살기를 뿜어내는 형의 태도에 사우벨은 욱신욱신 아파지는 위를 신경 쓰면서도 반론했다.
변덕이나 고집이라는 이유만으로 엘렌의 의견을 묵살할 수는 없었다. 엘렌은 지금까지 다양한 지혜와 대책을 짜내어 영지를 도와주었다.
“그렇게 말씀해도, 엘렌의 발안은 우리의 상상을 훨씬 뛰어넘습니다. 전하에게 묻고 싶은 것이 있다는 건, 왕가가 얽히게 된다는 뜻이 아니겠습니까?”
사우벨의 원호에 엘렌의 표정이 활짝 밝아졌다. 그 모습을 본 로벨과 카이가 탐탁지 않은 얼굴을 했다.
“동석하든 아니든, 제대로 엘렌에게 이야기를 듣는 편이 좋다고 봅니다.”
“숙부님!”
엘렌의 기뻐하는 목소리를 듣고 로벨은 신음했다.

"엘렌 님, 왕가가 얽히게 될 만한 규모라는 건 어느 정도입니까?"
로렌도 걱정하고 있는지, 은근슬쩍 엘렌에게 물었다.
"상승효과가 나온다면 사업 세 개분 정도……?"
고개를 갸우뚱 기울이며 대수롭지 않게 말하는 엘렌과 달리 사우벨을 비롯한 모두는 깜짝 놀랐다.
"세 개분?!"
엘렌이 만든 약만으로도 엄청난 경제 효과를 낳고 있다. 게다가 「비트를 심어볼까요?」라는 제안을 받아들여 심어본 설탕 원료는, 지금은 반크라이프트령에서는 빼놓을 수 없는 작물이 되었을 정도였다.
비트 찌꺼기는 재정을 압박하던 말의 사료로 바뀌었고, 그것만으로도 얼마나 많은 돈이 남는지 엘렌은 알지 못하리라.
"왕가가 쿠션 역할을 해줄 수 없을까 싶어서요."
"쿠션?!"
이제 무슨 말을 하는 건지 모르겠다는 듯이 로벨과 사우벨은 머리를 감싸 쥐었고, 로렌에 이르러서는 대담한 엘렌의 모습에 「허허허」 하고 웃고 있었다.
로벨은 이전에 라비스엘이 「엘렌이 움직이면 나라가 움직인다」 하고 웃으며 말했던 것을 떠올렸다.
비유가 아니라 엘렌이 하는 일은 그 정도로 커지기 때문이었다.
그러니 사업 세 개분이라는 규모가 어느 정도까지 커질지 아무도 예상할 수 없었다.

"치료원에서 다루는 약의 재료 중에 대량으로 필요한 게 있어요. 그걸 왕가에 중개해달라고 하고 싶어요."

"어째서 왕가에?"

사우벨의 질문에 엘렌은 이유를 이야기했다.

"폐하는 반크라이프트의 사업에 한몫 끼고 싶어 하시니, 다른 곳과 거래를 하겠다고 들면 잠자코 있지 않을 거예요. 나중에 얽히는 것보다는 나을 거라고 생각했어요. 그리고 다른 귀족과 상인들의 쓸데없는 개입을 막을 수 있을 테죠."

"상상하고 말았어……."

엘렌이 새로운 사업을 시작한다는 사실을 알고 흥미진진해 할 라비스엘을 떠올린 것인지 로벨은 먼눈을 했다.

"귀족 혹은 상인과 직접 거래를 한다고 하면, 이전의 베른드르 같은 자가 없을 거라고도 장담할 수 없습니다. 게다가 약의 재료인 만큼 발목을 잡힐 우려가 있습니다. 치료원과 관련된 물건은 왕가에 중개를 부탁하는 편이 그나마 신용할 수 있습니다."

왕가조차 엘렌에게 「그나마」라는 말을 듣고 마는 상황에 사우벨은 쓴웃음을 지었다. 지난번 학원에서의 대화로 왕가는 조금이나마 엘렌에게 신용을 얻은 모양이었다.

로벨은 탐탁지 않다는 얼굴을 하고 있었지만 반론하지 않는 것을 보면 엘렌과 같은 의견인 모양이었다.

"분명 베른드르 같은 녀석이 기회를 노리고 있을 테지."

주변 귀족들에게 공동 사업 제안을 끊임없이 받고 있는 것은 사우벨 자신이었다. 그 산더미 같은 편지를 떠올렸는지, 그는 한숨을 섞어가며 씁쓸하게 말했다.

사우벨 옆에 있던 로렌도 끄덕끄덕 고개를 끄덕였다.

"치료에 쓰이는 재료인 만큼 이익을 노리고 가격이 급등하는 일이 생기면 매우 곤란합니다. 그래서 사전에 왕가가 못을 박아둔다면 재해 등의 특수한 경우가 아닌 한은 가격에 그렇게까지 큰 변동은 없을 거라고 봅니다."

"그것도 포함한 쿠션인가."

"잘 풀릴지는 알 수 없지만, 그 재료가 손에 들어오면 이런저런 것들을 만들 수 있습니다. 그 과정에서 환자분의 자립을 촉구하면서, 치료원의 수입원을 새롭게 확보할 수 있을 거라고 봅니다. 왕가가 개입하게 되면 이 약의 매상은 낮을지도 모르지만, 왕가를 받아들일 가치는 충분히 있다고 생각합니다."

"약의 재료로 환자의 자립? 엘렌은 대체 무얼 하려는 거니?"

엘렌의 설명이 갑자기 비약하자 로벨 일행은 미처 따라가지 못했다. 그러나 엘렌의 머릿속에는 계획이 있는 것이리라.

"형님, 저는 엘렌을 동석시켜야 한다고 생각합니다. 본디 전하가 오신다면 정령 치료사들도 피난시켜야만 합니다. 그들과 마찬가지로 엘렌도 일정 거리 이상은 전하에게 접근시키지 않도록 한다면 어떻겠습니까?"

"아버지는 결계를 쓸 수 있으니까, 정령 마법사들에게 결계를 펴두면 괜찮을 거예요."

"그래, 그럼 엘렌도 그렇게 하면 동석할 수 있지 않을까?"

"그러네요. 숙부님!"

엘렌이 반짝반짝 빛나는 눈으로 사우벨을 보고서 로벨 쪽으로 고개를 돌렸다. 엘렌의 기대로 가득한 얼굴을 보고 안 된다고는 말할 수 없게 되어버렸는지 로벨이 신음소리를 냈다.

"으으으음……."

떨떠름한 표정의 로벨을 보고 역시 안 되나 보다 하고 생각했는지, 엘렌은 또다시 의기소침해졌다. 이번에는 매달리는 듯한 눈빛을 로벨에게 보내고 있었다.

두 눈이 눈물로 그렁해지자 보석 같은 엘렌의 눈동자의 특징과 어우러져, 마치 주위까지 반짝반짝 빛나 보이는 착각이 일었다.

엘렌의 그런 눈빛에 대항할 수 있는 자가 있을까? 사우벨과 로렌까지도 눈부신 듯 눈을 가늘게 뜨고서 완전히 넘어갔다. 이 위력은 예상 이상으로 대단했다.

그것을 정면에서 본 로벨도 역시 쿠웅 하고 심장을 저격당했는지, 한 손으로 가슴께를 붙들면서 고개를 뒤로 젖혔다.

"내 공주님은 어디서 그런 표정을 배워 온 거지?!"

딸바보 모드가 발동되고 만 로벨은 귀여워 귀여워 라고 말하며 엘렌에게 바짝 다가갔지만, 엘렌은 두 손으로 로벨의 얼굴을 밀어냈다.

그 모습은 마치 고양이를 억지로 귀여워하려다 온 힘을 다해 거부당하는 모습 같았다.

주변에는 흐뭇한 광경으로 비치고 있지만, 이렇게 된 로벨의 귀여워하는 방식이 끈질기기 때문인지 엘렌은 언제나 싫어하는 얼굴을 했다.

"어머니가 아버지한테 했었어요."

에헴 하고 가슴을 펴며 말하는 것으로 보아 엘렌은 명백하게 로벨이 이 표정에 약하다는 점을 계산하고서 행동했다는 걸 알 수 있었다. 사우벨과 주변 사람들은 무심코 뿜고 말았다.

"세상에나. 이런 귀여운 표정을 가르쳐준 게 오리였다고? 이대로는 엘렌이 소악마가 되어버릴 거야!"

"이런 건 아버지한테만 하니까 괜찮아요."

"그럼 엘렌은 내 앞에서만 소악마인 건가? 그건 기쁘지만, 어째서 이렇게나 복잡한 기분이 드는 걸까?"

"그걸 당하면 형님이 엘렌한테 못 이기기 때문일까요……?"

어이없어하는 시선으로 사우벨이 그렇게 대답했다.

"과연!"

그 말을 들은 로벨이 납득하더니 엘렌을 귀여워해 주었다.

"끄우으으으~~."

엘렌은 떨떠름한 표정이 되었지만, 여기에서 거절했다간 동석하지 못하리라 생각했는지 참고 있었다.

"할아범도 엘렌 님께 그렇게 당했다간 못 이길 겁니다."

그 모습이 귀여워 보였는지 로렌도 풀어진 얼굴로 말했다.

"로렌한테 하면 안 돼. 엘렌의 소악마는 나한테만. 엘렌은 귀여

워~~!"

"우으으. 어째선지 저도 복잡한 기분이 들기 시작했어요."

엘렌의 얼굴에는 「이럴 셈은 아니었는데」라고 노골적으로 쓰여 있었다. 분명 로벨에게는 효과 만점이었지만, 동시에 단순히 기뻐하게 만들었을 뿐이라는 사실을 깨달은 듯했다.

"그럼 엘렌도 동석시키는 겁니까?"

"어쩔 수 없지."

사우벨의 말에 로벨은 포기한 듯이 말했다.

"치료사에게 결계를 펼치는데 엘렌한테 펴주지 않는 건 불공평하잖아. 하지만 엘렌, 절대로 전하에게 필요 이상으로 다가가선 안 된다."

모두 엘렌이 저주받은 존재에게 가까이 다가가는 것을 걱정했다. 엘렌도 그 사실은 잘 알고 있었다.

"네. 고집을 부려서 죄송해요."

"신경 쓰지 말렴."

동석을 허락받은 엘렌은 안심했다. 예의 바르게 고개를 숙이는 엘렌에게 사우벨은 고개를 가로저으며 답했다.

"나에게 엘렌의 부탁은 고집이 아니야. 실제로 영지에 도움을 받고 있는 것은 사실이니까. 우리만으로 왕가와 대화를 했다간 약점을 잡혀서 손해를 보게 될 것 같거든."

오히려 동석을 바랄 정도라고 말해주는 사우벨에게 엘렌은 감격했다.

엘렌의 행동의 의미를 이해하고, 제대로 의도를 파악해주는 사람들에게 감사의 마음이 솟아올랐다.

"고맙습니다!"

그런 마음이 드러난 것인지, 화알짝! 하고 빛이 반짝이듯 만면에 미소와 기쁨을 내보내는 엘렌에게 로벨은 쓴웃음을 지었다.

"흠 때처럼 엘렌의 부탁이라고 하면 폐하께선 바로 움직여줄 테지만, 반드시 대가를 요구하겠지……. 하아."

이전의 대화를 떠올렸는지 로벨이 한숨을 토해냈다. 엘렌이 미리 말해주어 대처할 수 있기는 했지만, 이 단계에서 엘렌 없이 이야기를 했다간 라비스엘이 나서서 멋대로 이것저것 정해버리리라.

로벨은 엘렌을 꼬옥 끌어안고서 놓아주지 않았다. 그가 엘렌을 두고 갈등하고 있다는 것이 뻔히 보였다.

엘렌의 머리에 자신의 얼굴을 가져다 대고 비비고 있었지만, 로벨의 침울한 모습을 보고 주변은 조용히 내버려 두었다.

엘렌도 고집이 처음부터 통할 거라고는 생각하지 않았다. 그러나 괜찮다고 생각되는 존재가 곁에 있기에 부탁해본 것이다.

"……애초에, 아버지가 없었다면 동석 같은 건 부탁하지 않았을 거예요."

"응?"

엘렌이 한 말의 의미를 파악하기 위해 고개를 갸우뚱한 로벨이 엘렌에게서 상반신을 살짝 떼고 그녀를 빤히 바라보았다.

"아버지가 곁에 있으니까 괜찮을 거라고 생각했어요."

로벨을 보며 엘렌은 생긋 웃었다.

안심하고 몸을 기대며 짓는 엘렌의 미소가 신뢰하고 있다는 걸 전해주었다.

"~~~윽!"

로벨의 뺨이 희미하게 붉어졌고 참을 수 없다는 듯이 엘렌을 끌어안았다.

"뀨우우~~~!"

"으아아아아아아아! 귀여워 귀여워 내 딸이 너무 귀여워~!!"

"아버지, 답답해요!"

"아아~ 미안~."

팔을 뻗어 밀어내려 하는 엘렌을 보는 로벨의 표정은 완전히 녹아 있었다.

이제 이 문제는 원만하게 해결된 모양이라며, 지켜보고 있던 주변 사람들도 안심했다.

"엘렌은 형님을 다루는 데 아주 능숙하단 말야."

사우벨은 쓴웃음을 지으며 말하자 엘렌은 부정했다.

"저보다 어머니 쪽이 잘하세요!"

"아, 응. 소악마였던가……? 형수님한테는 아무도 못 이긴다고 봐."

세계의 여왕이 하는 부탁이 통하지 않을 상대는 없으리라며 사우벨이 웃자 로벨은 진지한 얼굴로 말했다.

"그렇지 않아. 오리의 소악마는 엘렌한테는 안 통해."

오리진의 소악마가 엘렌에게 사용되는 것은 주로 반크라이프트가의 과자 선물이 엘렌의 손에 있을 때였다.

오리진이 눈을 반짝반짝 빛내며 조르지만, 엘렌은 「어머니, 잘 다녀왔느냐는 인사가 먼저죠!」하고 꾸지람을 하곤 한다.

그런 이야기를 하다 보니 정령 여왕인 오리진의 『너무해~』가 들려올 것만 같다는 생각이 들었고, 그 순간 방 위쪽이 빛났다.

"정말~! 너무해~~!"

"어머니?!"

"오리, 어떻게 된 거야?"

상상한 그대로의 타이밍에 『너무해~』가 들려온다 했더니, 본인이었다.

놀라는 주변 사람들을 개의치 않고 공중에 둥실둥실 떠 있는 오리진을 보고서, 엘렌과 로벨이 당황했다.

부르지도 않았는데 나타날 때는 대부분 급한 일이나 불만이 있을 때였기 때문이다.

"정말, 너무해! 나는 소악마 같은 게 아냐!"

아무래도 불만 쪽이었나 보다. 소악마라며 자신을 화제로 삼자 참지 못했던 모양이다. 부루퉁하게 뺨을 부풀리며 항의했다.

"아냐, 오리. 소악마라는 건 말이지."

그렇게 말하며 로벨은 익숙한 손놀림으로 오리진의 허리를 슬쩍 감싸고 한 손으로 오리진의 뺨을 쓰다듬으며 말했다.

"귀엽다는 뜻이야."

"……정말이야?"

오리진은 눈썹을 늘어뜨리고 눈을 위로 향했다. 고개를 까딱 기울이며 매달리듯 로벨을 바라보았다. 부모님의 주변은 핑크빛으로 물들어갔다.

방 안 가득해진 달달한 공기에 엘렌은 일상적인 일임에도 소름이 돋을 것만 같았다.

"정말이지~, 어머니는 그런 일로 나타나신 건가요?"

"엘렌, 너무해. 나는 그런 행동을 가르친 적 없단 말이야."

"아이는 부모를 보고 배우는 법이에요! ……이, 이렇게."

그렇게 말하면서 엘렌은 과장되게 조금 전 오리진이 고개를 까딱 기울이던 모습을 흉내 냈다.

엘렌의 고개가 미세조정을 거듭하며 까딱까딱 움직였다.

"푸훗."

그 모습을 본 사우벨과 로렌이 어깨를 들썩이며 뿜었다. 자세히 보면 카이까지 고개를 돌리고 어깨를 떨고 있었다.

엘렌이 흉내 낸 것을 두고 화를 내려나 했던 오리진은 전혀 예상하지 못했던 반응을 보였다.

"엘렌, 안 돼! 할 거면 이렇게! 이렇게 해야지!"

무려 엘렌의 동작을 지적하며 고쳐주었다. 여신이 말하길, 더욱 자연스럽게 보이기 위한 각도라는 것이 있다고 한다.

"앗, 어머니 일부러 노리고 했던 건가요? 아무리 그래도 어이가 없는데요."

"안 돼~~ 들켰어! 하지만 로벨 앞에서만이야!"

"인정했어요! 아버지, 어머니는 연기파였어요!"

"그렇게 말하자면 엘렌도 연기파 아닌가?"

"이런!"

제 무덤을 파고 말았다며 엘렌이 동요했다. 이번에도 등 뒤에서 「푸흡」하고 뿜는 소리가 들렸다.

"그, 그보다 어머니. 소악마 항의만을 위해서 온 건가요?"

정곡을 찔린 엘렌이 난처해진 나머지 화제를 바꾸려 했다.

"그런데?"

어리둥절해하는 오리진의 모습에 엘렌은 조금 불안해진 모양이었다.

"왕족과의 동석을 막으려는 게 아니고요……?"

"어머나, 걱정하지 않아도 돼~. 엘렌이 하고 싶은 대로 해도 돼. 사회 공부야!"

생긋 웃는 오리진을 보고 당황했는지 엘렌은 멍해졌다.

'가벼워…….'

그러고 보니, 과거 몇 번이나 그런 대화를 했던 것이 떠올랐다.

갑자기 나타난 오리진이 정리되어가던 시찰 동석을 반대하는 것은 아닌가 하고 허둥댔던 것이 기우로 끝나 안심했다.

그녀는 엘렌을 아주 잘 이해하고 있었던 것이다.

"하지만 엘렌은 언제나 무리를 하니까 모두가 걱정하는 거야. 알고 있지?"

"……네. 주의할게요."

"엘렌은 곤란해하는 사람을 보면 주변이 보이지 않게 되어버리니까, 당신이 옆에서 신경을 써줘. 나는 로벨이 엘렌의 옆에 있는다면 아무 말도 안 할 거야."

"그래, 알고 있어."

오리진의 말에 로벨이 동의했다.

몇 번이고 엘렌이 무리해서 쓰러진 것은 눈앞에 곤란해하는 사람이 있었기 때문이었다.

원래 로벨과 엘렌은 인간계에서 힘의 적응을 위해 정령계와 인간계를 오갔었다.

도중에 들른 마을에서 알베르트와 마주치고 말았고, 로벨의 본가 사정을 알게 되었다. 그러고 보니 힘을 적응시키는 여행은 그대로 흐지부지되고 말았다.

아기엘을 쫓아내고, 라필리아 유괴를 저지하였으며 학원에서 흄과 아크를 구했다.

순식간이었다며 엘렌은 왠지 그리운 기분이 들었다.

그와 동시에, 힘을 제어하지 못해 쓰러졌던 것인지도 모른다는 사실도 깨달았다.

'힘쓰는 법을 제대로 익히기도 전에 무리해버렸구나…….'

로벨과 엘렌은 정령 중에서도 특수한 위치에 있었다. 이전에 오리진이 숨김없이 이야기했었다. 로벨은 정령의 소체에 인간의 혼을 넣은 것이라고.

엘렌의 영혼도 오리진이 선택한 인간의 혼이다. 몸과 영혼의 질이 다르기에 힘을 정령계와 인간계에서 적응시킬 필요가 있었던 것이라고, 지금에서야 깨달았다.

그렇기에 오리진은 로벨과 엘렌을 함께 인간계로 보냈다.

이렇게 엘렌이 인간계에 관여하려 할 때면 오리진은 반대하기는 커녕 응원해주었다.

그녀가 반대했던 것은 과거에 단 한 번뿐이었다.

'왕가의 편을 드는 걸 그만두라는 말을 들었을 때는 반대를 당한다고 생각했었지…….'

가디엘과 이야기하겠다고 약속했던 것을 지키지 못했다. 이대로는 안 된다고, 앞을 보며 변하겠다고 정했었다. 어쩌면 오리진 자신도 왕가에 대해 아주 조금 심경이 달라졌는지도 모른다.

러브러브한 부모님을 보며 쓴웃음을 짓는 사우벨 일행. 그곳에 흐르는 부드러운 분위기는 평소와 다르지 않은 일상으로도 여겨졌지만, 확실히 모두가 앞으로 나아가며 변해가고 있는 것을 의미했다.

제32화 시찰

반크라이프트령에 가디엘이 시찰을 나오는 당일, 주변은 긴장감에 휩싸여 있었다.

사람이 많이 모이는 길과 통행인에 대한 규제 등, 평소와 다른 기사들의 모습에 사람들은 무슨 일이냐며 서로 얼굴을 마주 보았다.

군용 도로만이 규제되었다고는 하나, 떠도는 긴장감은 바로 전염되어갔다.

"기사님들이 잔뜩 있는데, 뭔 일이래?"

"높으신 분이 온다나 봐. 치료원의 선생님들이 정신없더래."

노점의 주인과 손님이 그런 이야기를 하고 있었다.

펠페드로 정보를 모으러 갔던 트루크는 가디엘에게 보고 후 바로 반크라이프트령으로 이동했다.

텐바르의 바로 옆에 있어 거리가 가깝기는 하지만, 가디엘에게 위협이 될 만한 것이 없는지 트루크 자신이 직접 확인하기 위해서였다.

일반용 도로는 쓰지 않지만, 그렇기에 노리기 쉽다. 사각이 되는 곳을 꼼꼼하게 조사하고, 깔끔하게 포장된 길을 보고 마음속으로 칭찬을 보냈다.

'로벨 님과 엘렌 님이 영지의 일을 돕기 시작한 후로 순식간이었어.'

영지의 경제 상황을 현저하게 보여주는 것은 바로 길의 포장 상태다. 펠페드는 산기슭에 위치해있어 길이 포장되어 있지 않은 곳이 대부분이었고, 이동하는 데도 고생한 참이었다.

“주인장, 실례하네만 나한테도 그 빵에 닭고기를 끼운 걸 하나 주게.”

“예, 감사합니다! 양념은 어떤 걸로 드릴까?”

트루크가 고개를 갸우뚱하자 옆에 있던 손님이 「그레이비랑 소금 양념이랑 달짝지근한 양념이 있어」라고 가르쳐주었다.

“그레이비랑 소금 양념은 맛이 조금 센 편이라 달짝지근한 양념을 추천해. 이 양념 만드는 법은 무려 엘렌 님이 가르쳐주신 거라고!”

“엘렌 님?”

“영웅 로벨 님의 따님 말이요. 훌륭하고 귀여운 분인데, 이 가게를 아껴주시거든. 이 일대에서는 달짝지근한 양념이 유행하고 있으니까 다른 가게에서도 먹을 수 있는데, 어쩌시려오?”

“그럼 그걸로 주게.”

“감사합니다! 형씨, 놀랄 거요!”

싱글벙글한 얼굴의 주인장이 내민 것은 얇고 둥근 빵을 반으로 잘라 안을 비우고 거기에 샐러드와 양념으로 버무린 고기를 끼운다고 하는 본 적 없는 음식이었다.

“이 레시피도 엘렌 님이 가르쳐주신 거라오. 대단하지?”

돈을 건넨 트루크는 빵을 받아 들고 기세 좋게 베어 물었다. 달짝지근한 양념과 육즙이 어우러져 아주 부드러웠고, 그리고 무엇보다 눈을 크게 뜰 만큼 맛있었다.

말없이 우걱우걱 먹는 트루크를 보며 가게 주인장도 옆에 있던 손님도 웃었다.

“맛있는데.”

“역시! 영주님들이 새로 키우기 시작한 비트의 단맛으로 양념한 거라오. 모두가 푹 빠졌지!”

얇은 빵 안에 속 재료를 넣는다는 발상에 트루크는 감탄했다.

빵에 속 재료를 끼워 넣는 요리는 샌드위치 정도밖에 몰랐던 트루크도 이런 방법이 있었느냐며 놀라지 않을 수 없었다.

게다가 이걸 가르쳐준 것이 엘렌이라는 사실에도 놀랐다. 그 지혜를 아낌없이 영지 백성들에게 나눠주고 있는 것이다.

‘그분은 정말로 보물 그 자체로군.’

그렇게 마음속으로 생각하며 먹고 있으려니 순식간에 다 먹어버리고 말았다.

트루크는 금세 아무것도 남지 않게 된 제 손을 바라보았다. 그리고 주인장과 눈이 마주쳤다.

“……하나 더 주시오.”

“감사합니다!”

주인장과 손님이 웃는 와중에 두 개째를 주문했다.

“그나저나 형씨는 본 적이 없는 얼굴인데, 새로 소속된 기사님이시오?”

“……아닌데, 왜 그러시오?”

"아아, 미안하외다. 맛있게 잘 먹는데 행동거지는 훌륭하기에 당연히 어느 집안 도련님인가 했소이다."

"설마! 도련님이 노점 빵을 덥석 먹을 리가. 나는 물건을 사러 온 행상의 일행이네. 지금은 휴식 중이고."

옆에 있던 다른 손님이 기사라면 너무 바빠서 지금 여기 있을 수 없을 거라고 말하며 웃었다. 가게 주인도 그 사실을 깨닫고 그러고 보니 그렇군! 하고 웃었다.

트루크는 내심 흠칫했지만, 아무래도 이전에 여기서 사우벨과 로벨이 빵을 산 적이 있었던 듯했다. 그리고 그때 귀족님들은 동작 하나하나가 다르다고 생각했고, 트루크도 왠지 모르게 그렇게 보인 모양이었다.

"그럼 동업자요? 분명 여기서는 좋은 물건을 살 수 있지."

"그래. 작물의 질이 좋더군. 역시 장사는 밥이 맛있는 곳이 제일이오."

"오, 형씨 뭘 좀 아는구려!"

물 흐르듯이 계속되는 주인장의 이야기에 맞춰주면서 트루크는 조금 전 소문 이야기로 화제를 돌려보았다.

"그나저나 뭔가 소란스럽던데. 무슨 일이라도 있는 거요?"

"아아, 높으신 분이 온다는 소문이라오. 여기에는 귀족님들이 쓰는 다른 길이 있는데, 그쪽 길은 기사님들이 열을 이뤄서 방비를 하고 난리라고 하더이다. 그런 때는 대체로 높으신 분이 오는 거거든. 치료원에 용건이 있는 건지도 모르지."

"그런가."

여기 두 개째요 하고 주인장에게서 빵을 건네받은 트루크는 돈을 냈다.

트루크가 빵을 베어 무는 사이, 주인장과 옆의 손님이 소문 이야기를 계속했다. 그는 이 가게의 단골인 모양이었다.

"여기 높으신 분이 올 때는 좋은 일이 없었잖아. 이번에는 아무 일도 없으면 좋겠는데……."

"그러게. 전엔 아가씨가 유괴당했었지……. 정말로 왕가는 제대로 된 일을 안 한다니까."

반크라이프트가와 왕가의 불화는 아기엘 때부터 얽혀 있었다. 역귀를 쫓아냈어도 왕가는 계속해서 영주님을 괴롭힌다는 말이 주변에서 들려왔다.

귀가 따가운 이야기라고 생각하면서 트루크는 조금 전과 달리 천천히 빵을 먹었다.

음식을 씹고 있으면 그 소리가 방해되어 대화가 귀에 들어오지 않기 때문이다. 두 개째는 맛을 음미하며 먹고 있는 것이라고 오해하고 있는 주인장과 손님은 대화에 끼어들지 않는 트루크를 개의치 않고 이야기를 이어갔다.

"치료원이라니, 높으신 분이 병이라도 치료하러 오는 건가?"

"그건 아니겠지. 여기 치료원은 귀족님이라고 해도 가차 없으니까. 들었어? 차례를 기다리고 있었더니 뼈가 부러진 기사님이 실려와서 먼저 뒤로 밀려났대."

"그건 어쩔 수 없지. 자칫하면 절단이니까."

"그랬더니 기다리던 놈이 내가 먼저라고 화를 냈다더군. 뭐, 기분은 이해하지만. 그런데 그 녀석, 실은 약이 욕심나서 꾀병을 부렸던 거였대."

"무슨 그런 놈이!"

"여기서부터가 장난 아니야! 고래고래 소리를 지르던 그 녀석이 갑자기 둥실 공중을 날아간 거야!"

손님의 말에 주인장과 트루크가 움직임을 딱 멈췄다. 그런 일이 가능한 존재는 이 세상에 정령밖에 없었다.

"그 자리에 있던 모두가 이상한 목소리를 들었다지? 꾀병, 이라고. 다음 순간 밖으로 휙 내던져진 거야!"

"오, 오오…… 정령님이 계셨던 건가?"

너무 놀란 나머지 떨리는 목소리로 대답하는 주인장. 씹는 걸 잊고 있던 트루크는 다시 빵을 먹기 시작했다.

그러고 보니 엘렌도 로벨도 하늘을 날 수 있다는 사실을 떠올린 트루크는 분명 익숙하지 않은 자가 그런 장면을 봤다간 기절할 거라고 생각했다.

더군다나 정령의 모습이 보이지 않는다고 한다면 아비규환이 될 것 같지만, 여기는 영웅 로벨이 있는 영지다. 또 정령 공주로 이름 높은 엘렌까지 있다.

정령 마법사가 많은 치료원에서 그런 일이 일어난다면 정령이 한 일이라고 모두가 생각하리라.

이 땅에는 여신 신앙이 널리 퍼져 있고, 정령의 은혜를 무엇보다 중시하고 있다. 그런 곳에서 정령에게 내던져졌으니, 노여움을 샀다고도 말할 수 있는 행동을 취했다간 후대에까지 정령과 계약하지 못할 거라고 여겨질지도 모른다.

그러한 소문이 나면 바보 같은 짓을 하는 자가 사라질 거라는 점을 노린 일일지도 모른다. 진위가 어찌 되었든, 이 반크라이프트에서라면 그 이야기의 신빙성은 높아진다.

빵을 위장으로 전부 집어넣은 트루크는 문득 불안함을 느꼈다.

'치료원에 정령이 관여하고 있다니…… 아니, 그보다 전하는 내던져지지 않을까?'

일말의 불안을 품고서 트루크는 다시 주인장에게 「하나 더 주시오」라고 말했다.

*

그로부터 얼마 후, 호화로운 마차가 많은 기사에게 둘러싸여 반크라이프트로 향했다.

이 길 끝에 있는 것은 반크라이프트가 관리하는 기사탑이다.

가디엘과 라베가 탄 마차 바로 옆에 흑마를 탄 포겔과 트루크가 있었고, 다시 그 주변을 백마를 탄 근위병들이 지키고 있었다.

마차의 작은 창문으로는 길의 좌우에 같은 간격으로 선 기사들의 모습만 보였다. 군사용 통로를 쓰고 있기 때문에 백성의 모습이 보이지 않는 것은 당연했지만, 가디엘의 안에 있던 반크라이프트령은 사람들로 북적인다는 이미지가 강했다.

창으로 보이는 것은 기사들의 모습뿐. 신경 쓰이는 거리는 멀리 있었다. 흥미 같은 게 있을 리도 없었고, 일찌감치 창에서 시선을 돌렸다.

"반크라이프트령의 도로는 왕도보다도 정비가 되어 있는 것 같은데."

"네. 말의 부담을 줄이기 위해 엘렌 님이 이 일대를 정령을 동원해 포장했다고 합니다."

"……뭐라고?"

마차의 맞은편 자리에 앉아 있는 라베가 답을 알고 있었다. 가디엘은 눈을 크게 뜨고 놀랐다.

다시 작은 창으로 바깥을 살펴보았지만 도로 옆에 선 기사들이 방해가 되어 잘 보이지 않았다. 밖에 나간 후에 확인하는 편이 나으리라.

"저희가 전에 왔을 때보다 훨씬 잘 포장되어 있습니다. 텐바르 내에서는 최고일 테죠."

"과연……. 산더미 같은 탄원서가 올라올 만하군."

긴장하고 있는 것인지, 살짝 쓴웃음을 지으면서도 가디엘의 표정은 굳어졌다.

그도 그럴 만했다. 무엇보다도 시찰 타진을 위해 오간 편지의 답장에 엘렌과 로벨이 동석한다고 쓰여 있었던 것이다. 가디엘은 들고 있던 서류를 떨어뜨릴 만큼 놀랐었다.

*

반크라이프트령의 기사탑 바로 옆에는 사령실과 귀빈실이 마련되어 있었다. 가디엘의 마차는 그쪽으로 안내되었다.

일렬로 정렬한 기사들은 마차가 지나치는 순간 각을 맞추어 경례를 했다.

훈련된 그 모습은 사우벨의 지휘력이 얼마나 뛰어난지를 보여주었다.

마차가 제자리에 서자 정복을 입은 사우벨이 맞아주었다.

"가디엘 전하, 저희 영지에 오신 것을 환영합니다."

"신세를 지겠네."

고개를 숙이는 사우벨을 바라보며 가디엘은 슬쩍 시선을 움직였다. 그 모습을 본 사우벨이 쓴웃음을 지었다.

"제 조카는 안에 있습니다."

"응, 음, 그, 그런가."

"전하……."

사우벨에게 간파당하고 만 가디엘의 귀와 뺨이 희미하게 붉어졌다. 조용히 오간 그 대화에 옆에 있던 라베가 질색했다.

"자, 이쪽입니다."

사우벨에게 안내받아 간 곳은 사령실이었다.

사령실에 들어가 보니 로벨과 학원의 정복을 입은 카이가 있었다. 가디엘을 보고 고개를 숙이는 로벨과 카이에게 가디엘은 「오늘 잘 부탁한다」라고 전했다.

"전하, 황공하오나 딸을 부르려 하니 일정 거리를 취해 주시길 부탁드립니다."

"알고 있네."

"엘렌, 이리 오렴."

허공으로 손을 뻗은 로벨의 목소리에 답하듯, 공중에 마법진이 나타나며 빛났다. 그 중앙에서 둥실 내려온 엘렌과 반의 모습에 가디엘은 눈을 크게 떴다. 엘렌이 몇 년 전에 본 모습 그대로였기 때문이다.

"오랜만입니다. 전하."

"아, 그래. ……변함이 없구나. 엘렌."

그런 말을 들은 엘렌 쪽은 내심 가디엘의 변화에 매우 놀라고 있었다. 엘렌이 가디엘과 만나는 것은 라필리아가 유괴된 때 이후 처음이었기 때문이다.

그 후로 가디엘은 쑥쑥 키가 크고, 소년 같은 생김새에서 연약함이 사라지고 청년이 되어 있었다.

키도 이미 로벨보다 커 보였다. 라비스엘과 아주 많이 닮았다.

"전하는…… 폐하와 똑 닮으셨네요. 폐하가 머리카락을 자르셨나 생각했습니다."

"그래, 요즘 자주 듣는 말이야."

키득 웃는 가디엘을 보며 엘렌은 왠지 긴장이 되었다. 설마 이렇게까지 달라졌으리라고는 상상도 못 했던 것이다.

생각해보면 카이도 라필리아도 최근 들어 특히 키가 자랐다. 시간의 흐름이 다른 엘렌만 점점 뒤처지고 있는 느낌이 들었다.

그들보다도 연상인 가디엘과는 한동안 만나지 못했던 것도 어우러져, 그 차이가 훨씬 두드러져 보이는 것이 당연했다.

고개가 아파질 만큼 키가 큰 가디엘을 엘렌은 빤히 보았다. 그러자 가디엘의 상태가 점점 이상해졌다.

가디엘은 엘렌의 시선에 견디지 못하고, 슬쩍 시선을 돌리며 말했다.

"저기, 엘렌……. 그, 그렇게까지 바라보면…… 아무래도 부끄러운데."

곤란해하며 그렇게 말하는 가디엘의 얼굴은 새빨갰다. 그 반응에 당황하고 있으려니, 갑자기 엘렌의 시야가 깜깜해졌다.

"앗."

"엘렌 씨. 전하를 그렇게 바라볼 필요 없거든?"

뒤에서 로벨이 엘렌의 시야를 가리고 있었다.

"우으으!"

엘렌이 로벨의 손을 떼어내려 했다. 엘렌과 로벨의 공방전이 시작되었다. 로벨이 자연스럽게 엘렌과 가디엘의 거리를 벌리려 하는 것을 눈치챈 사우벨 일행은 어이없다는 표정을 지었다.

"형님, 엘렌. 그쯤 하는 걸로."

"칫."

"정말이지! 아버지!"

로벨을 억지로 떼어내고, 주변 사람들이 놀라 멍해졌다는 사실을 안 엘렌은 부끄러워졌다.

"아, 그, 엘렌에게 필요 이상 접근하지 않겠다고 약속하지."

"고맙습니다."

가디엘의 말에 엘렌이 감사의 말을 전하자, 그는 아주 조금 섭섭한 얼굴을 했다.

'우으…….'

그 얼굴을 본 엘렌의 가슴을 죄책감이 따끔하게 찔렀다. 왕가의 핏줄은 저주를 받았다고 하나, 가디엘 본인에게 죄는 없다.

"엘렌, 동석해준 것에 감사해. 묻고 싶은 게 아주 많아."

"……네. 저도 이야기를 나누고 싶습니다."

가디엘의 말에서 부드러운 분위기가 사라졌다. 순식간에 변한 그 표정은 라비스엘과 몹시도 닮았다.

이 시찰은 왕태자 교육의 일환이었다. 가디엘에게서는 이제, 어린아이 시절의 흔적이 사라져 있었다.

사령실을 뒤로하고 다음으로 향한 곳은 기사탑이었다. 탑 안을 안내하는 것은 사우벨이었고, 엘렌도 흥미진진하게 설명을 듣고 있었다.

엘렌은 기사탑 훈련장이나 마구간까지는 와본 적이 있었지만, 안에 들어온 것은 처음이었다.

사우벨을 선두로 가디엘, 라베로 이어졌고, 로벨과 엘렌은 끝 쪽에 있었다.

대화 소리가 들릴 만큼 가까운 거리가 아닌지라 엘렌은 작은 목소리로 로벨과 이야기를 나누었다.

“아버지, 기사탑은 이런 느낌이었군요. 탑이라기보다 평범한 집 같아요.”

“기사탑의 탑이란 건물 좌우에 세워져 있는 탑 부분을 가리키는 거란다. 그리고 학원에서 부르던 게 익숙한 것도 있을 거야.”

“탑 부분에는 뭐가 있나요?”

“저긴 저장고나 무기 보관고 같은 게 이것저것 있지. 오른쪽 탑은 연락탑이라고도 하는데, 꼭대기 층에 비둘기 집이 있단다.”

“전서구인가요?”

“그래. 나중에 보러 갈지도 모르겠구나.”

“오호오.”

“엘렌도 일단 배치를 기억해두려무나. 사우벨에게 용건이 있을 때 곤란하잖니?”

“수경으로 위치를 특정해서 전이하니까 별로 문제는 없는데요…….”

“그랬지.”

기사탑에 오는 것은 로벨도 오랜만인지, 무심코 옛날 감각에 빠졌던 모양이었다.

그런 이유라면 엘렌과 로벨의 뒤에서 호위를 하고 있는 카이와 짐승 모습을 하고 있는 반이야말로 이곳의 배치를 기억할 필요가 있으리라.

그렇게 생각하고 문득 등 뒤를 보니, 흥미진진해하며 좌우로 시선을 돌리는 카이가 있었다.

"카이 군, 흥미진진하지?"

"앗, 죄, 죄송합니다."

카이가 허둥대는 이유를 로벨이 설명했다.

"카이는 아직 여기에는 들어올 수 없거든."

"그런가요?"

"네. 저희 견습은 여기까지 들어오지 못합니다. 여기는 기사 중에서도 상관 전용 탑이니까요."

"그럼, 숙부님이 여길 쓰는 거로군요."

"사우벨은 아니야. 여기는 각 부의 대장 등이 이용하지. 사우벨은 집이 가까워서 특별히 직접 다니고 있단다."

"긴급 시에는 어쩌나요?"

"사우벨 바로 아래 전달용 정령 마법사가 몇 명 있어서, 그들이 연락을 하게 되어 있지. 요즘 같은 경우엔 긴급 시엔 내 쪽으로 연락이 오고, 전이로 사우벨을 보내는 일도 있단다."

"전이는 편리하니까요~."

로벨과 엘렌이 사우벨을 돕고 있는 것은 기본적으로 주말뿐이다. 로벨은 긴급 시에 가끔 도와주고 있는 모양이지만, 주말로 한정되는 이유는 카이에게 있었다.

학원 학생인 카이는 주말마다 베른드르에서 반크라이프트로 돌아온다.

엘렌은 힘들지 않겠느냐고 걱정했지만, 학원 기사과는 조금 특수해서 주말마다 반크라이프트령의 훈련장에 기숙하며 사흘 정도 연습한다고 한다.

"어째서 그런 규칙이 생긴 건가요?"

"기사는 짐을 들고 이동하는 게 기본이란다. 말을 타고서 이동하는 데 익숙해지기 위해, 그리고 학원의 정령 치료사들을 쉬게 하기 위해서지. 기사과의 학생들과 어울리다 보면 쉴 틈이 없으니까 말이다. 그리고, 이쪽이 훈련장이 더 넓거든."

"그렇구나~."

게다가 학원생 중에서도 카이처럼 호위 같은 일을 맡고 있는 학생은 수업이 면제된다고 한다.

"카이 군은 전이로 이동하나요?"

"아뇨, 저도 말을 탑니다. 전이를 쓰는 건 엘렌 님을 호위해야 할 때뿐입니다."

"네……? 쓰지 않는 건가요?"

반과 계약한 지금이라면 마음대로 쓸 수 있을 터다. 편리한 힘에 의지하지 않는 카이에게 솔직히 놀랐다.

"전이는 편합니다만, 거기에 익숙해지면 안 된다고 생각했습니다. 다리와 허리를 단련한다는 의미에서도 승마는 기사의 기본이니까요."

"나는 오리와 만났을 때부터 마구 썼었는데."

대화에 끼어드는 로벨의 말을 듣고서 엘렌은 카이 군은 성실하구나 하고 생각했다.

말이라고 하면, 반크라이프트령의 마구간에는 족히 수백 마리의 말이 있을 터다. 모두 군마라고 생각하면 말도 안 되는 수다.

또한 학원을 오가기 위한 마구간도 준비되어 있는데, 언뜻 본 인상으로는 마구간이라고는 생각할 수 없었다.

"말인가요……."

"후후후, 엘렌. 나중에 마구간도 돌아볼 거야."

"우으……."

마구간이라는 말을 듣고 씁쓸한 표정을 짓는 엘렌을 보며 로벨은 웃었다. 그 모습에 카이가 왜 그러느냐고 말을 걸어왔다.

"이전에 우리 마구간에서 말이 엘렌의 머리카락을 먹었거든."

"네? 괜찮으셨습니까?!"

"으, 응. 괜찮았어! 놀랐을 뿐이야……."

"머리에 뻥뻥 솟아 있는 머리카락을 우물우물 당했지."

엘렌의 바보털을 콕콕 찌르는 로벨의 손을, 엘렌의 바보털이 찰싹 때렸다.

"뭣?!"

굳어진 로벨을 무시하고 엘렌은 여전히 씁쓸한 표정을 했다. 어찌해도 말에 다가가는 건 주저하게 된다.

『그 말, 제가 잡아먹어 버릴까요?』

쿠구구구구구…… 하고 바닥을 기는 듯한 낮은 목소리로 반이 물었다. 그 말에 놀란 엘렌은 그러지 말라며 허둥지둥 말렸다.

그런 대화를 나누는 사이에, 건물 내부 안내가 끝난 모양이었다. 다음은 훈련장이라는 말을 듣고 알았다.

"……전서구가 있는 곳에는 안 가네요."

"계단도 있고, 무엇보다 좁고 냄새가 나기 때문일 테지."

로벨은 웃으며 말했지만 엘렌은 아쉬웠다. 엘렌은 동물을 좋아하는지라, 조금 보고 싶었던 것이다.

"그러고 보니 반 군은 생고기를 먹을 수 있는 거야?"

말을 잡아먹어 버리겠다고 했던 반의 발언에 엘렌은 궁금해하며 물었다.

정령은 기본적으로 그다지 식사를 하지 않는다. 인간계에 있는 정령들은 본래 짐승이라 평범하게 식사를 하지만, 정령계는 마소가 가득해서 거의 식사를 하지 않아도 된다.

인간계에 있을 때의 반은 대식가지만, 태어난 지 얼마 안 되어 정령계에 있었을 때는 그다지 식사를 하지 않았다고 기억하고 있었다.

『익히는 편이 좋습니다만, 그보다도 저는 많이 먹고 더 커지고 싶습니다!』

생고기는 피비린내가 나고, 입 주변의 털이 지저분해지기도 해서 싫은 모양이었다. 털을 소중히 여기는 반다웠다.

흥흥, 콧바람을 거칠게 내쉬며 의욕을 내보이는 반을 보고 옆에 있던 카이가 실소했다.

『애송이…….』

"아무것도 아닙니다."

뭔가 사정을 알고 있는 것인지, 견제하고 드는 반을 무시하며 카이가 대담한 미소를 지었다.

두 사람의 대화에 엘렌은 고개를 갸웃거렸다. 두 사람의 모습은 평소 으르렁대던 것과 달리 어쩐지 무척이나 거리가 가까워 보였던 것이다.

사실 반은 어머니인 아우스톨에게 꼬마라고 불리는 것이 싫어 그저 몸이 커지길 바랐을 뿐이었고, 그 사정을 아는 카이가 웃음을 터뜨렸을 뿐이었다.

"사이좋구나!"

사정을 모르는 엘렌은 계약을 통해 두 사람이 화해했다고 여겼다.

"사이 안 좋습니다!"

반과 카이가 한목소리로 한 대답이 너무나도 딱 맞아서 엘렌은 웃음을 터뜨렸다.

일행이 훈련장에 도착하자 기사와 견습생들이 함께 훈련하는 풍경이 펼쳐졌다.

훈련장은 지시가 쉽도록 한 층 정도 낮은 위치에 있었다. 견학자가 위에서 둘러볼 수 있기도 했다. 그러나 역시 위험한지라, 주변에 빙 둘러 울타리가 설치되어 있었다.

엘렌은 이곳에는 익숙했다. 라필리아를 응원하려고 과거 몇 번인가 와본 적이 있기 때문이다.

정복 차림의 사우벨과 가디엘, 그리고 좀처럼 볼 수 없는 근위기사와 영웅 로벨의 모습을 본 기사들이 딱 굳어지는 소리가 들려올 것만 같았다.

"일동!"

사우벨의 말에 튕기듯 일렬로 늘어선 기사들의 모습에 엘렌은 놀랐다.

"전하께, 경례!"

착, 옷 스치는 소리와 함께 일동이 오른팔을 오른쪽 아래로 뻗고, 다음 박자에 오른손을 가슴에 가져다 댔다. 그리고 가디엘을 향해 고개를 숙였다 들었다.

기사부터 견습생까지, 약간의 어긋남도 없이 경례는 완벽하게 일치했다.

"훈련 중에 고맙다. 계속하게."

가디엘이 부드럽게 답을 한 다음 사우벨의 기합 소리에 맞춰 다시 일동이 예를 갖추었다.

일련의 흐름이 매우 아름다워 엘렌은 눈을 반짝반짝 빛냈다.

"대열에 흐트러짐이 없어서 아주 아름다워요!"

"견습을 포함한 인원으로, 예행연습 없이 이 정도를 할 수 있다는 게 우리의 강점이지. 다른 나라는 좀처럼 이 수준에 다다르지 못한다는 모양이니까."

감동한 엘렌의 말에 로벨이 그렇게 가르쳐주었다. 로벨은 그리운 듯 말하고 있었다.

"훈련은 남녀가 함께하는군요."

"그럼. 전투 상대에는 남자도 여자도 없으니까."

"그, 그렇지요……."

인간계의 귀족 사회에서는 남존여비가 흔하다. 그 속에서 반크라이프트는 지극히 평등하게 보이지만, 그래도 어려운 부분이 있을 거라고 새삼 생각했다.

여성이 남성을 상대로 호각으로 싸우기란 얼마나 어려울까.

라필리아가 스스로 지원해 이곳에서 훈련하고 있다고 생각하자, 엘렌은 걱정이 되어 견딜 수 없었다.

'다치진 않았을까? 괜찮은 걸까……?'

그런 엘렌의 마음속 근심을 눈치챈 듯, 훈련장 끝에서 환성이 일었다. 아무래도 끝 쪽에서 대규모 모의전을 벌이고 있는 모양이었다.

보아하니, 자그마한 체구의 여성 한 명을 커다란 체구의 남녀 기사들 여러 명이 상대하고 있었다.

자그마한 체구의 여성은 본인 키의 몇 배나 되는 창을 자유자재로 다루며, 가볍게 상대를 제압해갔다. 그 여성이 눈에 익은 인물로 보여 엘렌은 무심코 시선을 빼앗겼다.

"앗."

엘렌이 저도 모르게 소리를 지르자 다른 이들도 눈치챈 듯했다. 가디엘도 놀라고 있었다.

"아아, 저희 딸이로군요."

그리 말하며 쓴웃음을 지은 것은 사우벨이었다.

""에엣?""

그 말에 가디엘과 엘렌의 목소리가 하모니를 이루었다.

"소문으로는 들었지만, 라필리아 양은 이렇게나……?"

가디엘이 눈을 크게 떴다. 자신보다도 연하의 여자아이가 차례차례 성인 기사를 때려눕히는 모습이 믿을 수 없는 모양이었다.

"네. 타고난 핏줄은 어쩔 수 없는 건지, 딸한테는 매우 잘 맞나 봅니다. 너무 위험한 행동은 하지 않았으면 합니다만……. 지금은 딸의 상대 쪽이 걱정이군요."

사우벨은 조금 먼눈을 했지만, 싫지만은 않은 듯했다.

마음이 멀어졌던 사우벨과 라필리아는 기사라는 직업을 통해 부모와 자식의 관계를 처음부터 다시 쌓아가고 있었다.

요즘은 대련도 할 수 있을 정도가 되었다고 하니 놀랄 일이었다.

"화, 확실히 전에 비해 기운이 넘치는군."

상당히 조심스러운 감상을 늘어놓는 가디엘에게, 로벨이 옆에서 태연하게 말했다.

"시집갈 곳이 없다고 사우벨이 한탄하고 있답니다. 전하, 어떠십니까?"

"무리다."

가디엘이 걸치레도 없이 즉답하자 로벨은 칫 하고 혀를 찼고, 옆에 있던 사우벨의 주변은 온도가 급격하게 얼어붙었다.

라필리아의 신랑 따위 허락할 수 없다고 생각하는 반면, 즉답으로 거절당하는 것도 부아가 났으리라.

사우벨은 히죽 웃었지만, 눈에는 살기가 깃들어 있었다. 정적의 악마 강림이다.

"안 돼요!! 숙부님!!"

당황한 엘렌이 사우벨을 등 뒤에서 말렸다.

사우벨이 가진 또 하나의 얼굴을 본 가디엘과 호위들은 전율을 느꼈다. 수습할 수 없는 사태에 종지부를 찍은 것은 라필리아의 목소리였다.

"어라? 엘렌?"

"아, 라필리아—!"

아무래도 모의전이 끝나고 왕태자 일행의 존재를 깨달은 것 같았다. 엘렌이 울타리로 달려가 위에서 손을 흔들자, 라필리아는 이쪽을 보고서 고개 숙여 인사를 했다. 쓴웃음 지은 가디엘은 답하듯 고개를 끄덕였다.

엘렌이 로벨 쪽을 보며 가도 되느냐고 반짝반짝한 눈으로 묻자, 로벨은 곧바로 가디엘에게 허가를 얻고 「얼른 돌아와야 한다」며 허락해주었다.

엘렌은 전이해서 라필리아 앞에 내려서더니 그 기세 그대로 라필리아에게 안겼다.

"라필리아 멋있었어—!"

"엘렌도 왔었구나! 정말, 미리 말해줬어야지. 부끄럽잖아."

"라필리아가 훈련하는 모습도 볼 수 있다고 들어서, 깜짝 놀라게 해주고 싶었어. 미안해."

후후후 하고 마주 웃는 사촌 자매의 대화에 사우벨의 기분도 나아진 듯했다.

"형님, 농담이라도 라필리아의 결혼 얘기는 꺼내지 말아주십시오."

"괜찮잖아. 그 정도는."

"전하, 엘렌과의……."

"내가 잘못했다!"

사우벨의 말에 로벨이 재빠르게 반응했다.

"그다음 말을 듣지 않아도, 나는 기꺼이 대답을 하겠어."

가디엘이 슬쩍 끼어들었다.

"그만둬!! 안 돼!! 절대!! 아버지는 허락할 수 없어!"

로벨의 비명에 엘렌과 라필리아가 깜짝 놀랐다.

"시찰이라고 들었는데, 어쩐지 소란스럽네……?"

"그, 그러게."

"그러고 보니 시찰이 끝나면 집에 들를 거야?"

"응. 밥은 다 같이 먹자고 했으니까, 아버지랑 갈 거야."

"그렇구나. 그럼 이따 봐!"

"응!"

훈련 열심히 해! 하고 엘렌은 라필리아에게 응원을 보냈다. 라필리아도 엘렌을 향해 손을 흔들었다.

전이해서 일행들 쪽으로 돌아갔지만, 여전히 말씨름 중이었다.

호위와 근위병들이 로벨 일행의 말다툼에 상당히 질려 하는 것처럼 보였다.

그들의 화기애애한 모습은 엘렌에게 익숙한 것이었지만, 설마 거기에 가디엘도 더해져 웃고 있으리라고는 생각하지 못했다.

"어서 와, 엘렌."

"개인행동을 해서 죄송합니다."

"아니, 이쪽도 잡담을 나누고 있었으니까 문제없어. 엘렌은 라필리아와 사이가 좋은가 보지?"

가디엘의 질문에 엘렌은 순간 어리둥절해졌다. 그러다 전에 라필리아가 유괴되었을 때, 라필리아의 말에 울음을 터뜨렸던 현장을 그가 목격했다는 사실을 떠올렸다.

"화해했어요!"

엘렌이 기뻐하며 말하자 가디엘도 부드러운 표정을 지으며 「그렇구나」 하고 미소 지었다.

"그럼 다음은 마구간으로 가시죠. 저희 영지의 말들은 훌륭하답니다."

사우벨의 말에 엘렌의 어깨가 움찔했다. 조금 창백해진 엘렌을 본 로벨은 괜찮다며 그녀의 머리를 쓰다듬었다.

마구간 근처로 갈수록 엘렌의 모습이 이상하다는 것을 눈치챈 가디엘이 그녀에게 신경을 쓰는 기색을 보였다.

"아아, 제 조카는 말을 조금 거북해합니다."

"엘렌이?"

"동물들에게 사랑을 받는지, 얼마 전 머리카락을 먹혀서 축축해지고 말았지요."

웃는 사우벨에게 이끌려 호위와 근위병 몇 명이 엘렌 쪽을 힐끔 보았다.

갑자기 시선을 받게 된 엘렌은 놀랐는지 꺅 소리를 지르며 로벨 뒤로 숨고 말았다.

낯을 가리는 작은 어린아이가 부모의 등 뒤로 숨는 모습이 흐뭇해 보였는지 그녀를 지켜보는 이들의 눈빛이 따뜻해졌다.

텐바르 왕가와 반크라이프트가는 아기엘의 소행 탓에 사이가 좋지 않다는 소문이 돌고 있다. 그래서 이 시찰 동안 긴장된 분위기가 되리라고 여겨졌었다.

하지만 엘렌이 유화제가 되었는지, 차분한 시찰이 되어 있었다.

군마의 훈련장과 손질하는 흐름 등, 사우벨이 설명을 한차례하고 있으려니 가디엘이 문득 생각났다는 듯이 질문했다.

"그러고 보니 엘렌에게 묻고 싶었어. 말 먹이로 비트 찌꺼기를 채용했다고 들었는데."

"네."

"비트 재배를 정한 건 엘렌이라고 들었는데, 어째서 비트를 골랐지?"

가디엘의 말에 뒤따라오던 근위병들이 솔직하게 놀랐다. 작은 어린아이가 발안한 것이라고는 생각하지 못했던 것이리라.

가디엘은 흥미진진해하며 이유를 듣고자 했지만, 엘렌은 입을 다물어버리고 말았다.

'음…… 어쩌지…….'

시선을 이리저리 돌리는 엘렌의 모습에 가디엘은 고개를 갸웃거렸다.

엘렌이 힐끔 로벨 쪽을 보자 이유를 아는 로벨과 사우벨이 웃음을 참듯이 시선을 돌리고 어깨를 들썩이고 있는 것이 아닌가.

'분명 웃거나 어이없어할 거야…….'

말하기 곤란하다고 생각하고 있으려니, 가르쳐줄 수 없는 건가 싶었는지 가디엘은 눈썹을 조금 늘어뜨리고 곤란해하는 표정이 되어갔다.

'윽! 죄악감이……!'

엘렌은 아무래도 가디엘의 이 표정에 약한가 보다.

"……웃지 않을 건가요?"

조금 부끄러워하며 엘렌이 말하자, 이끌리듯 가디엘의 뺨도 희미하게 붉어졌다.

"우, 웃을 리가 없잖아. 처음부터 이 정도로 이익이 나오는 데 놀랐어. 가르쳐줄래?"

조금 우물쭈물하며 엘렌이 소곤소곤 말했다.

"과, 과자가 먹고 싶어서……."

엘렌의 그 말에 가디엘은 어안이 벙벙해졌다. 엘렌은 얼굴을 새빨갛게 붉히고 있었다.

로벨도 사우벨도 웃고 있었지만, 가디엘은 점점 진지한 표정이 되어갔다.

“과자를 먹고 싶다는 이유만으로 이 정도의 이익을……?”

“무, 물론, 예상할 수 있는 이익과 남는 찌꺼기의 이용도 생각했어요. 그렇지 않으면 심어주지 않을 테니까요. 환자분에게도 좋은 영양이 되는 건, 역시 당분이니까…….”

“당분?”

“그러니까…… 설탕 말이에요. 설탕이랑 소금이랑 레몬이랑 물을 섞은 음료도, 상태가 안 좋은 사람에게 좋거든요.”

경구 수액이다. 엘렌은 치료원과 기사들에게 레몬 벌꿀 절임이나 소금을 더한 레모네이드 등을 권하고 있었다.

“하지만, 설탕은 비싸니까, 직접 만들고 싶다고 숙부님에게 부탁했어요.”

“……그런가.”

무언가 생각에 잠긴 가디엘에게 무슨 말을 들을까 싶어 엘렌은 두근두근했다.

엘렌은 그 외에도 치료원에서 쓰는 목화와 찻잎, 커피콩, 레몬, 옥수수 재배 규모를 조금씩 키우기 시작했다.

다른 영지에서 사면 비싸니 가능한 한 직접 생산하고 싶다고 생각했다.

이것은 학원의 시스템을 보고서 엘렌이 제안한 것이다. 치료원에 드는 돈이 터무니없는 금액이라, 어느 정도 자신들의 영지에서 자급자족이 가능하게 되는 것이 바람직하다고 생각했다.

치료원 마당에는 레몬 나무가 잔뜩 심겨 있다. 선명한 색의 열매가 달린 풍경은 입원 환자들에게도 호평이었다.

“엘렌…… 너는 정말…….”

이쪽을 빤히 바라보는 가디엘의 모습에 가슴 두근거렸다. 쓸데없는 추궁이라도 당하는 것일까?

‘뭐, 뭐지……?’

눈을 떼지 못하고 있으려니, 재빠르게 눈치챈 로벨이 슬쩍 엘렌을 등 뒤로 감추었다.

“전하, 슬슬 치료원으로 가시지요.”

“아, 그래. 그러지.”

퍼뜩 제정신을 차린 가디엘이 동의했다. 치료원이라는 것은, 지금부터는 엘렌이 설명을 담당한다는 뜻이었다.

엘렌은 무슨 질문을 받을지 조금 가슴 두근거리며, 로벨과 손을 잡고서 치료원으로 향하는 마차에 올랐다.

*

치료원 앞에서는 정령 치료사 둘이 나란히 기다리고 있었다. 원장과 부원장으로, 긴장한 나머지 딱딱하게 굳어 있는 것을 한눈에 알 수 있었다. 먼저 내린 로벨과 엘렌의 모습을 보고 안심한 얼굴이 되었다.

반크라이프트의 치료원은 설립된 지 몇 년밖에 안 되었고, 원장도 40대로 젊었다. 부원장도 30대의 여성이었다.

정령 치료사의 평균 연령은 무려 30대로 상당히 젊은 사람들로 넘쳐났다.

의사 쪽은 나이를 먹은 사람들이 아직 있었지만, 차례차례 상식을 뒤엎는 엘렌의 개혁에 따라가지 못해 떠나는 이도 의외로 많았던 탓이다.

입원 시설은 1동, 2동, 3동으로 나뉘어 있었고, 치료원으로 쓰이는 저택이 점점 늘어났다.

각 동에도 원장이 있었고, 지금 여기에 있는 두 사람은 그 전체를 관리했다.

가디엘을 비롯한 근위병들은 치료원의 규모를 본 순간 눈을 부릅뜨고 입을 떡 벌렸다.

반크라이프트를 오가는 기사에게는 익숙해도, 왕도에서 거의 나오지 않는 근위병은 처음 보기 때문이리라.

가디엘은 예상을 뛰어넘는 건물의 크기에 말을 잃었다. 몇 년 전에 왔을 때는 없었던 것이니 어쩔 수 없었다.

"가디엘 전하, 저희 반크라이프트 치료원에 오신 것을 환영합니다."

원장이 고개를 숙이자 그제야 겨우 정신을 차린 모양이었다.

"아, 그래. 바쁜 중에 미안하네. 우리 일족은, 그…… 뭐, 사정이 있으니 서둘러 떠날 예정이다."

"아, 예……. 로벨 님께 들었습니다."

원장은 난처한 얼굴을 하며 로벨을 힐끗 보았다. 그 시선을 받고서 로벨은 한숨을 내쉬었다.

"전하, 잠시 실례합니다."

"응?"

로벨이 가디엘에게 손을 뻗자 쨍 하고 금속이 스치는 것 같은 소리가 났다.

"결계는 펼쳐놓았습니다만, 만약을 위해 정령 치료사의 정령은 잠시 쉬게 했습니다. 일하는 중인 자도 있으니, 안내할 수 있는 곳은 한정되어 있습니다. 양해 부탁드립니다."

"알고 있네."

"여기서부터는 엘렌이 안내할 겁니다. 하지만 딸에게 너무 가까이 가지 말아주십시오."

진심으로 싫다는 얼굴을 하며 로벨이 말했다. 귀인을 거리낌 없이 대하는 그 태도에 바로 옆에서 보고 있던 호위 라베가 조금 놀라고 말았다.

"전하, 안내하겠습니다."

무릎을 굽히며 숙녀의 인사를 한 엘렌이 선두에 섰다. 바로 뒤에 로벨과 원장들이 선 탓에 자그마한 엘렌의 모습은 가디엘의 눈에는 거의 보이지 않게 되고 말았다.

거리가 너무 멀어지면 목소리가 들리지 않는다며 가디엘은 초조해했다. 그러자 동석한 반이 소리를 줍듯이 공기를 조작해주었다.

갑자기 들려온 엘렌의 목소리에 가디엘이 놀라자, 엘렌이 정령 마법이라고 설명해주었다.

"대정령님은 이런 일까지 할 수 있는 건가……."

"반 군은 바람을 관장하기 때문에 공기를 진동시키는 소리를 주워 전하는 일이 가능하답니다."

엘렌의 설명에 기분이 좋아졌는지 반의 꼬리와 귀가 휙휙 흔들렸다. 그 모습을 본 엘렌은 끌어안고 싶은 충동을 느꼈지만, 꾹 참았다.

치료원의 입구를 들어서면 바로 접수대가 있다. 긴 의자에 앉아서 기다리고 있는 환자도 여럿 있었다.

삼엄한 행렬과 함께 모습을 드러낸 가디엘을 보고서 백성들이 술렁였다.

"모두들, 미안하지만 조용히 해주게."

사우벨의 말을 듣고서 사람들은 허둥지둥 입을 다물고 고개를 숙였다. 그리고 그대로 꼼짝도 하지 않았다.

"다들 상태가 안 좋은 때 소란을 벌여 미안하다. 부디 쾌차하게."

백성들은 가디엘의 말에 감동했다. 왕족을 가까이에서 보고 감격한 나머지 눈물을 글썽이는 자도 있었다.

그럼 갈까? 하고 가디엘이 걸음을 내디딘 순간, 그 일이 발생했다.

『잠깐.』

갑자기 뇌에 말을 걸어오는 듯한 목소리가 들려왔다. 가디엘뿐 아니라, 호위와 근위병들에게도 들렸는지 모두에게 긴장감이 내달렸다.

『저주.』

머릿속에서 울리는 목소리는 고막을 통해서 들려오는 소리가 아니었다.

"저, 정령의 목소리인가……?"

아연실색한 가디엘의 목소리에 덧씌워지듯이 엘렌이 허공을 향해서 커다란 목소리를 냈다.

"트루! 설명했잖아요? 전하는 괜찮아요."

갑자기 공중에서 부웅 하고 검은 소용돌이가 생기더니 마르고 검은 여자가 나타났다.

검고 긴 생머리에 드레스도 검정. 피부는 눈처럼 새하얬고, 두 눈은 검은 레이스로 가려져 있었다.

공중에 떠 있지만 드레스 자락이 길어서 발끝은 보이지 않았다. 손에는 레이스가 달린 검은 장갑을 끼고 있어서 마치 상복 같았다.

무엇보다 눈길을 끄는 것은 머리와 등에서 자라난 마른 나뭇가지 같은 것이었다. 그것은 좌우로 날개처럼 펼쳐져 있었다.

치료원에 어울리지 않는 그 모습은 불길함을 느끼게 했다.

그 모습은 가디엘 일행에게 위협으로 비쳤고, 호위와 근위병들이 가디엘을 지키기 위해 방패가 되어 그 앞을 가로막으려 했다.

"괜찮습니다."

엘렌이 그들을 제지하며 멈추었다.

"이 사람은 트루, 진실을 관장하는 대정령입니다."

엘렌이 정령을 소개하자 일행은 눈을 동그랗게 떴다.

"진실……. 이거였나, 최근 들어 소문이 돌았던 건……."

"소문, 이요?"

가디엘의 납득한 듯한 목소리에 이번에는 엘렌이 고개를 갸웃거렸다. 밖에서는 소문이 돌았지만, 엘렌의 귀에는 들어가지 않았던 것이리라.

“반크라이프트의 치료원은, 꾀병을 부리면 쫓아낸다고…….”

“아아, 네. 트루예요.”

그 일이냐며 엘렌이 고개를 끄덕인 순간, 트루의 목이 부엉이처럼 빙글 오른쪽으로 꺾였다. 갑작스러운 그 움직임에 가디엘들의 어깨가 공포로 움찔했다.

『꾀병.』

트루가 그렇게 말한 순간, 등의 날개 일부가 휘익 뻗어가더니 살금살금 숨어 있던 남자의 목덜미를 잡아챘다.

“끄아아아!”

부웅 하고 한 바퀴 휘두르는가 싶더니, 열려 있던 입구를 향해서 휘익 남자를 내던졌다.

입구를 지키고 있던 호위와 근위병은 대단한 반사 신경을 보이며 냉큼 남자를 피했다.

멍하니 남자를 지켜본 것은 가디엘뿐만이 아니었다. 순서를 기다리던 환자들도 처음 본 일인지 모두가 자신의 눈을 의심했다.

“트루, 수고했어요.”

방긋 웃으며 엘렌이 칭찬하자 트루는 엘렌에게 고개를 숙였다.

“혹시 병이 보이는 건가?”

“네. 트루의 눈은 진실을 비추기 때문에 어디가 안 좋은지도 가르쳐준답니다. 우선은 상처, 질병, 마음의 병을 판단해주고 그걸 진찰에 활용하죠."

설명하면서 엘렌은 부스럭부스럭 무언가를 꺼냈다. 그리고 작은 주머니에 담긴 그것을 트루에게 내밀었다.

"언제나 고마워. 이거 괜찮다면 먹어."

작은 꾸러미는 귀엽게 리본이 묶여 있었다. 트루는 소중한 것 마냥 양손을 모으고 아래서부터 받치듯이 받아 들었다.

『사탕.』

"응. 레몬 맛이야."

『감사.』

"나야말로! 또 가져올게."

『나, 기다린다.』

그렇게 말한 트루의 모습이 흐릿하게 사라져갔다.

실은 간식을 주는 것을 조건으로 치료원 일을 도와주고 있다고는 말하기 곤란했다. 그 부분은 제아무리 엘렌이라도 입을 다물 수밖에 없었다.

"정령에게 꾀병을 판단하게 하고 있다니……."

"아프지도 않은데 약을 욕심내는 사람이 많답니다. 어떻게 하면 좋을까 고민하고 있었더니, 쌍둥이 여신 분들이 트루를 보내주셨죠."

"……응?"

엘렌의 설명에서 흘려들을 수 없는 말을 들은 것만 같은 기분이 들었다.

"……쌍둥이 여신?"

"네. 트루는 보르 언니의 권속입니다."

그렇게 말하며 앞으로 나아가는 엘렌을 보면서 가디엘 일행은 동요하지 않을 수 없었다.

"싸, 쌍둥이 여신의 권속인 분께 병을 판단하게 하고 있는 건가……."

이 치료원은 신전보다도 신성한 곳인지도 모르겠다고, 주변 사람들은 꿀꺽 침을 삼켰다.

"트루 덕분에 약을 욕심낼 뿐인 환자가 줄어서 정말 다행이에요. 하지만, 이번에는 집으로 돌아가던 환자분이 습격을 당하게 되었죠."

"뭐……?!"

"조금 전 날아간 분은 현관에 대기하고 있던 기사들에게 신변조사를 받습니다. 두 번 다시 이 영지에 들어오지 못하도록 하고 있습니다만, 그래도 포기하지를 않아서요."

"……고생이 많군."

"네. 그래서 약이 처방된 사흘간은 입원하도록 정해졌습니다. 여기에 있는 환자는 치료사의 눈앞에서만 약을 먹을 수 있죠. 사흘 동안 머물기 위한 침대를 늘리기 위해서, 지금 건물을 증축하고 있답니다. 그걸 위한 넓은 저택이죠."

"그렇군. 분명 아주 넓어서 놀랐어. 그런 이유가 있었던 건가."

엘렌은 치료원 안쪽으로 안내했다. 접수처에서 이어지는 방이 몇 개나 있었고, 그중 하나로 들어갔다.

"조용히 해주세요."

쉿 하고 검지를 세우며 엘렌이 주의를 주었다. 가디엘이 고개를 끄덕이자, 천천히 방 안을 설명했다.

"접수처에서 순서를 기다리고, 선생님과 대면해서 진찰을 합니다. 뒤쪽이……."

진찰실에는 벽이 없었다. 입구는 잔뜩 준비되어 있었지만, 문을 열어 보면 안은 칸막이로 나뉘어 쭉 연결되어 있었다.

진찰실 안은 한쪽에 걸린 커튼 같은 것으로 구분되어 있었다. 커튼을 살짝 젖히자 같은 간격으로 침대가 죽 놓여 있었고, 이미 몇 개는 사용 중인 듯했다.

병이 전염되면 안 된다며, 이 이상은 접근하지 말라고 엘렌의 주의를 주었다.

"침대가 설치되어 있고, 여기서 사흘간 투약을 받습니다. 그것으로 충분한 분도 계시지만, 일부 병증이 있는 분은 다른 건물로 옮겨서 입원하게 됩니다."

새하얀 시트가 눈부셔 보일 만큼 밝은 실내. 눈부시게 쏟아지는 햇볕을 면 커튼이 부드럽게 막고 있었다.

침대 옆에는 청보랏빛 드라이플라워 등이 놓여 있어서 희미하게 좋은 냄새가 났다.

창가에는 알록달록한 꽃이 꽃병에 꽂혀 있었다. 창 너머로 보이는 것은, 푸릇푸릇한 나무들이었다.

노란색 열매가 맺혀 있는 것을 보고 묻자 「저건 레몬입니다」라는 답이 돌아왔다.

어째서 레몬일까 생각하고 있으려니, 영양실조 등의 환자를 위한 식사에 쓰인다는 말을 듣고 감탄했다. 보기에도 좋고 치료에도 쓸 수 있다. 참으로 효율적이었다.

지금까지의 치료원과는 전혀 달랐다. 다른 부분도 이렇게나 차이 날까 싶어 놀랐다.

"…………대단한걸."

"다음은 이쪽으로 오시죠."

통로로 돌아가 안쪽으로 안내받았다. 안쪽에는 약제실이 있었고, 이곳에서 일부 약들이 만들어지고 있었다.

"여기에서 엘렌의 약이 만들어지고 있는 건가?"

가디엘이 무심코 묻고 말았다. 그러자 엘렌이 돌아보며 답했다.

"약은 여기에 없습니다. 도난당하면 곤란하니까요."

"그, 그런가! 확실히 그렇겠군."

폐하에게조차 완고하게 입을 다물고 있건만, 이런 곳에서 솔직하게 말할 리가 없었다.

허둥지둥 자신에게 들려주듯이 반복하는 가디엘을 보며 엘렌은 눈을 깜빡였다. 무얼 그렇게 안절부절못할 필요가 있는지 엘렌으로서는 알 수 없었기 때문이다.

뭔가 허둥댄다고 생각했더니만, 이번에는 낙담하고 있었다. 옆에서 본 가디엘은 이것저것 바빠 보였다.

"전하는 왕도의 치료원을 담당하고 있다고 들었습니다."

"그래. 맞아. 이 반크라이프트의 방식이 궁금하다며, 왕도에서도 소문이 돌고 있어."

"고맙습니다."

방긋 웃는 엘렌에게서 가디엘은 왠지 모르게 평소와 다른 것을 느꼈다.

가디엘은 무심코 자세를 바르게 했다. 뭔가 있는 건가? 하고 마음을 다잡았다고도 할 수 있었다.

"……뭔가 나에게 묻고 싶은 건가?"

가디엘의 말에 엘렌이 놀란 얼굴을 했다.

"전하……."

"왜 그러지?"

"정말로 폐하와 닮아가시네요."

조금 놀란 엘렌은 곧바로 짓궂은 장난을 떠올린 것 같은 천진난만한 표정을 지었다.

가디엘은 심장 부근을 콱 잡힌 것만 같았다.

*

치료원의 약제실에서 엘렌은 바로 대화를 끝내버렸다.

싱거운 대화의 의미를 알기 위해 생각에 잠기고 만 가디엘은 조금 집중하지 못했다.

깨닫고 보니 해가 저물려 하고 있었다. 당황하며 이후의 일정을 확인하자, 시찰은 차질 없이 끝났으며 마지막은 반크라이프트가의 저택에서 식사가 잡혀 있다고 했다.

가디엘은 아차 싶었지만 이미 늦었다.

마음이 딴 곳에 가 있는 채로 어느샌가 방으로 안내되고, 이어 식당으로 이동해 식사까지 시작되어버렸다.

대화를 방해하지 않는 정도의 희미한 식기 소리가 울렸다.

맞은편 자리에 앉은 가디엘은 몇 번이나 엘렌을 바라보고 있건만, 그녀는 깨닫고 있지 못한 듯했다.

가디엘의 바로 뒤에는 기미 역할인 이들이 여럿 서 있었다. 식사가 식탁에 놓이기 전에 독이 있는지를 확인하기 위해서였다.

기미 담당자가 운반되어 오는 식사를 앞에 둘 때마다 기뻐하는 모습을 본 엘렌은 나중에 호위 분들에게도 같은 식사를 대접할 수 있게 해달라고 로렌에게 부탁했다.

이자벨라는 시종 미소를 짓고 있었고, 로벨에 이르러서는 엘렌을 줄곧 바라보는 가디엘의 태도에 매우 기분 나쁜 얼굴을 하고 와인을 들이켰다.

가디엘이 질문하는 것들에 엘렌이 별문제가 없는 수준으로 대답했는데, 로벨이 때때로 끼어들다가 엘렌에게 주의를 받았다.

그 모습을 보며 가디엘이 웃는다고 하는 평화로운 광경이 펼쳐지고 있었지만, 사실 이 식사 자리에서 가장 걱정되는 것은 바로 동석한 라필리아였다.

훈련을 마치고 돌아온 라필리아는 엘렌과 저녁 식사를 한다며 기대하고 있었는데, 가디엘이 동석한다고 듣자 미간에 깊은 주름을 새겼다. 그 떨떠름한 얼굴에 대체 무슨 일인가 하며 사우벨이 당황했다.

『……엘렌도 있는 거지?』

『그, 그래. 있지.』

『그럼 나도 같이 먹을래! 자리는 엘렌 옆이야.』

그런 말을 꺼내 주변을 곤란하게 했다. 원래대로라면 동석할 수 없지만, 일단 의견을 물어보자 가디엘이 허락해주었다.

사우벨의 시선은 라필리아에게 쏟아지고 있었다. 이상한 짓을 하지는 않을지 몹시 불안한 모양이었다.

사실 가디엘이 엘렌을 마음에 두고 있다는 사실을 아는 라필리아는 가디엘이 엘렌에게 이상한 짓을 하지 못하도록 감시를 하고 싶었을 뿐이었다.

착각하고 있는 사우벨 일행의 걱정을 무시한 채, 라필리아는 딱히 문제를 일으키는 일 없이 조용히 식사를 이어갔다.

운동을 해서 배가 아주 고팠던 모양인지, 왕족을 앞에 두고도 사양하는 기색 없는 당당한 그녀의 태도에 가디엘은 웃고 있었다.

별문제 없는 대화를 나누는 사이에 모두가 식사를 마쳤고, 이만 본론으로 들어가자는 듯이 가디엘은 로벨에게 부탁을 했다.

"로벨 님, 결계를 부탁드려도 되겠나."

"……그러지요."

딱, 하고 로벨이 손가락을 울리자 식당 전체가 결계로 뒤덮이는 기척이 느껴졌다. 이자벨라와 로렌은 결계 안에 들어와 있었지만,

가디엘의 호위들은 들어와 있지 않아 허둥대고 있었다.

가디엘은 손을 들어 그들을 제지했다. 그 뜻을 바로 눈치챈 모양이었지만, 호위들은 걱정스러운 얼굴을 했다. 그런 그들을 무시한 채 가디엘이 이야기를 시작했다.

"엘렌, 치료원에서 내게 묻고 싶은 게 있다고 했었지?"

"네."

"그 자리에서 이야기하지 않았던 건, 다른 자들이 많았기 때문이 맞아?"

"마음 써주셔서 감사합니다. 큰 도움이 되었습니다."

"그래서, 묻고 싶은 게 뭐지?"

"전하는, 치료원에서 쓰이는 약 재료의 입수처를 알고 계십니까?"

"대부분은 파악하고 있어."

"……그렇다면, 벌꿀…… 밀랍을 다루는 귀족을 아시나요?"

"밀랍……."

여기서 가디엘은 턱에 손을 대고 입을 다물었다. 엘렌의 말에서 무언가를 찾아내려 한다는 것을 알 수 있었다.

"가르쳐줄 수도 있지만, 나에게 뭔가 돌아오는 게 있는 건가?"

"있을지도 모릅니다. 귀족과 직접 거래를 하고 싶은 건 아니니까요."

엘렌은 즐겁다는 듯이 미소 띤 얼굴로 답했다. 마치 말장난을 하는 것 같았다. 가디엘의 응수가 라비스엘에게서 느꼈던 반응과 닮아서 무척이나 놀랐다.

그러나 반대로 가디엘은 미간에 깊은 주름을 새기고 있었다. 머리를 최대한으로 회전시켜 엘렌을 따라잡으려고 필사적으로 생각했다.

"약의 재료로 밀랍이 필요하다고 한다면, 분명 엘렌에게 다른 귀족과 직접 거래하게 하는 건 곤란하겠지. ……그런가, 엘렌은 여기까지 읽고 있던 건가."

가디엘은 쓴웃음을 지었지만, 그 말은 어딘가 기쁜 듯도 했다.

그러나 곧바로 조금 곤란한 표정을 지은지라 엘렌은 「어라?」 하고 고개를 갸웃거렸다.

"이미 이해는 일치하지……. 하지만 조금 곤란한 점도 있어."

"……그건, 우리가 해결할 수 있는 일인가요?"

"너희가 아니면 해결할 수 없을지도 모른다, 라고 말하면 어떻게 할래?"

"교섭에 응하겠습니다. 저희만, 이라는 건 정령이 얽힌 일일지도 모르니까요."

빠르게 대답하는 엘렌의 모습에 가디엘 만이 아니라 로벨과 사우벨까지 놀랐다.

"고마워. ……솔직히 말하자면, 너희밖에 해결할 수 없을 거라고 생각했어. ……라필리아."

"어? 뭐, 뭐야?"

무례한 태도를 보이는 라필리아를 보며 가디엘은 변함없다며 웃었다.

라필리아는 사우벨에게 자그마한 목소리로 질책을 받다가 가디엘이 던진 한마디 말에 눈을 크게 부릅떴다.

“양봉을 관리하는 귀족이 있어. 그 양봉장에 검은 여자, 라는 수수께끼의 인물이 나타난다는 소문이야.”

여기까지 듣자 사우벨이 「아!」 하는 목소리를 냈다.

“라필리아, 아마도 네 어머니일 거야.”

“뭐……?”

눈을 동그랗게 뜨는 모두를 보며 가디엘은 말을 이었다.

“최근 이 검은 여자가 나타난 주변에 도적까지 나온다는 이야기가 있어. 조사에 나섰던 건, 따지자면 이 검은 여자가 어떤 병에 걸린 것은 아닐까 하고 의심했기 때문이었지. 그 후에 이상한 움직임을 보이는 도적이 있다는 보고가 들어왔고.”

이 병에 관한 의혹을 해결하기 위해 사전에 라비스엘 쪽에서 사우벨을 통해 연락을 해 왔고, 로벨과 엘렌은 정령을 써서 조사를 했었다.

그 일을 말하는 것인가 하고 로벨과 엘렌이 서로 얼굴을 마주 보고 있으려니, 가디엘이 힘을 빌려달라고 말했다.

“이 도적은 이웃나라인 헬그너의 입김이 닿아 있을 가능성이 있어. 어쩌면 라필리아의 어머니가 협력, 혹은 잡혀 있는 것은 아닌가 생각하고 있지.”

“……무슨 말이야?”

“도적이 나오는 곳은, 언제나 검은 여자가 나타난 곳이라는 보고를 받았다.”

라필리아의 어머니, 아리아는 쌍둥이 여신의 단죄를 받아 얼굴 아래가 새까만 가시나무로 뒤덮여 까맣게 물들었다.

그 이야기를 들은 라필리아는 충격을 받았고, 엘렌이 바로 이야기를 잘랐다.

"전하, 잠시만요. 여자가 목격된 후에 도적이 나오는 건가요?"

"그래."

"어째서, 그것만으로 협력이 되는 겁니까?"

"……음?"

"검은 여자 소문은, 어떤 식으로 받아들여지고 있나요? 무섭다든가, 보러 가려는 사람이 넘쳐나고 있습니까?"

"……무섭다고 하는 소문이라고 들었어."

"그렇다면, 거기에 사람은 거의 가지 않을 테죠? 오히려 병사들이 조사하러 갈 가능성이 있으니, 도적 입장에서는 위험해질 뿐이지 않나요?"

"그, 그렇군."

거기까지 말하자 모두가 눈치챈 모양이었다. 가장 먼저 목소리를 낸 것은 사우벨이었다.

"……아리아를 노리고 있는 건가?"

이자벨라가 비명을 눌러 삼키듯 입가에 두 손을 대고 있었다. 라필리아의 안색도 창백해져갔다.

반크라이프트가는 왕가의 사주로 라필리아가 유괴당하는 경험을 한 적이 있다. 그렇기에 모두가 당시의 일을 떠올리고 있을 터였다.

"라필리아."

"에, 엘렌……."

괜찮다고 말하듯이 엘렌은 옆에 있는 라필리아의 손을 잡았다. 그대로 가디엘 쪽을 돌아보고 엘렌은 분명하게 말했다.

"아직, 그 검은 여자를 노리고 있는 거라고는 말하기 어렵다고 봅니다."

"그래. 그럴 가능성이 있다, 하는 단계지."

사우벨에게는 전 부인이다. 귀족의 입장으로 생각하면 평민인 전 부인 따위 모르쇠 해도 되지만, 라필리아는 그럴 수 없었다.

야반도주한 것으로 보이는 아리아 일가는, 그 후 행방을 파악할 수 없었다. 로벨이 진심을 다한다면 알 수 있을 테지만, 아리아를 싫어하는 로벨에게 그러한 부탁을 할 수는 없었다.

그러나 엘렌의 반응은 달랐다.

"아버지, 가죠."

"에엑?! 가는 거야?!"

엘렌의 말에 로벨과 다른 이들이 놀랐다. 인연을 끊은 상대와는 기본적으로 얽히지 않는 것이 상식이다.

"아리아 씨는 라필리아의 어머니예요. 그 사실은 변하지 않아요."

"엘렌……."

울먹이는 라필리아의 목소리가 엘렌의 이름을 불렀다. 그러나 다음 순간에는 결심한 것처럼 날카로운 눈초리로 가디엘을 보았다.

"나도 갈 거야."

"자, 잠깐! 라필리아!"

당황한 사우벨의 안색은 나빴다. 어쩌면 라필리아가 아리아에게 가버릴지도 모른다며 두려워하는 것일지도 몰랐다.

어렴풋이 그 마음을 눈치챘는지, 라필리아는 살짝 기뻐하는 표정을 지었다.

"아빠, 오해하지 마. 나는 마무리를 지을 거야. 그러지 않으면 분명 후회할 테니까."

"뭐……?"

그것은 아리아에게보다는 자기 자신의 마음에, 라는 말로 들렸다.

"어찌 됐든 이 문제가 해결되지 않으면 밀랍 이야기도 진행되지 않을 것 같습니다. 검은 여자가 아리아 씨든 아니든, 이 문제는 해결해야만 하겠지요."

"그 말대로야. 양봉장이 저주받았다는 소문까지 돌기 시작했어. 이대로는 양봉장이 망할지도 몰라."

엘렌이 으으음 하고 신음했다.

"우리가 양봉을 할 수는 없는 거니?"

얽히지 않는 게 제일이라고 로벨이 돌려 말해보았지만, 엘렌은 로벨을 향해 어처구니없다는 표정을 해 보였다.

"우리 땅에는 뭐가 많다고 생각하시나요?"

"아…… 말인가."

말이 벌에 놀라 날뛴다고 하는 사고로 이어질 염려가 있다. 말에게 벌은 천적이다.

그걸 잊고 있었던 듯한 로벨에게 엘렌은 계속해서 말했다.

"딱히 아버지는 안 오셔도 괜찮아요. 저랑 라필리아, 카이 군 등 몇 명만 다녀올게요!"

생글생글한 엘렌의 표정을 본 로벨은 흠칫하며 눈을 크게 떴다.

"나도 동행한다. 내 지위는 편리할 테니까."

가디엘도 동행하겠다는 의사를 전해왔다. 가디엘과 엘렌이 함께 행동하다니, 로벨이 허락할 리 없다. 그러나 엘렌은 갈 마음으로 넘쳤다.

"아, 아, 아……."

로벨이 파르르르 떨고 있었다. 이의를 제기할 틈도 없이 정해진 것이나 다름없었다.

*

식사 직후, 장소를 객실로 옮긴 가디엘과 그 호위 세 사람이 새롭게 동석했다.

식당에서의 대화를 재개하고, 펠페드로 향할 날짜 등의 세부적인 사항을 하나둘 정해나갔다.

마차 수배와 짐을 싣는 데 걸리는 날짜를 계산하고, 가디엘의 예정과 맞춰나갔다.

이 시점에서는 주로 사우벨과 로벨, 그리고 가디엘 일행이 중심이 되어 있었다. 엘렌과 라필리아는 그 대화를 옆에서 잠자코 듣고 있었다.

텐바르 북쪽에 있는 펠페드까지는 마차로 약 사흘 정도 걸리는 거리로, 도중에 하루 야영을 해야 한다고 한다.

상황에 맞지 않을지도 모르지만, 캠핑 같은 걸 할 수 있지 않을까 싶어 엘렌은 조금 두근두근했다. 그러나 로벨에게 밤까지 인간계에 머무는 것은 간단히 각하당했다.

밤에는 정령성으로 돌아가야 한다는 말을 듣고 조금 아쉬워하고 말았다.

이전에 로벨과 엘렌 단둘이 인간계에 힘을 적응시키기 위해 여행을 했을 때도 엘렌이 어리기도 했던지라 밤이면 정령계로 돌아가는 당일치기였었다.

현재 엘렌은 예전과 변함없이 겉모습은 열 살 정도로 보였다. 야영 준비도 힘이 너무 부족해 도울 수 없으리라.

방해가 된다면 어쩔 수 없다고 생각하던 엘렌은 자신이 정령성으로 돌아가고 나면 라필리아가 그대로 혼자 남는다는 사실을 깨닫고 맹렬하게 반대했다.

"라필리아를 혼자 둘 수는 없어요!"

"괜찮아. 이런 맹수…… 어흠, 아무도 그런 짓은 안 할 거야. 아니, 못할 테니까."

"여자아이에게 무슨 실례인 말을 하는 건가요—!"

격노한 엘렌은 투닥투닥 로벨을 때렸지만, 로벨은 「하하하」 하고 웃을 뿐이다.

"엘렌 님, 괜찮을 겁니다. 라필리아 님은 맹수……."
"화낼 거예요!"
"아뇨, 아무것도 아닙니다."
툴툴 화를 내는 엘렌에게 카이도 쩔쩔맸다.
"라필리아에게 여성 기사를 붙여주세요!"
"그런 말을 한들…… 이건 비밀스럽게 움직여야 하는 일이니 어려울 거라고 생각해. 무엇보다 전하가 동석을 허락할 수 있는 사람이 아니면 안 되지 않을까?"
"그럼, 전하에게 물어보죠!"
"나, 나한테?"
어쩔 줄 몰라 하는 가디엘에게 엘렌이 기세 좋게 말했다.
"에, 엘렌, 나는 괜찮은데?"
특별히 신경 쓸 것 없다고 라필리아가 태연하게 말했다. 오히려 엘렌이 화내는 모습에 놀라고 있었다.
"안 돼! 라필리아, 안 된다고! 여자아이니까 옷을 갈아입을 때 망을 봐줄 사람이 필요하잖아!"
엘렌이 라필리아에게 마음을 쓰며 주장해주고 있었다.
라필리아에게는 자신을 걱정해주고 여자아이 취급을 해주는 엘렌의 존재가 눈부시게 보이는지, 뺨을 희미하게 붉히며 부끄러워했다.
"엘렌 님은 여성 기사의 본성을 모르고 계십니다. 그 녀석들은 손댈 수가 없습……."
"카이 군, 입 다물어주세요."

"죄송합니다."

카이는 드물게도 엘렌에게 날카로운 눈초리를 받았다. 카이보다도 라필리아를 우선해주자 라필리아가 매우 감격하며 갑자기 안겨왔다.

"엘렌!"

"으뀨우."

"엘렌~~ 나 기뻐!"

"응?"

"에헤헤."

"으응?"

엘렌은 라필리아가 어째서 기뻐하는지 이해하지 못했다. 고개를 갸웃 기울이고 있으려니, 라필리아가 귀엽다며 머리를 쓰다듬어주었다.

그대로 라필리아는 고개를 들고서 카이를 보았다.

"훗."

"……윽!"

카이를 향해 의기양양한 미소를 지어 보인 라필리아와 카이 사이에 불꽃이 튀었다. 엘렌은 라필리아에게 안겨 있었기에 라필리아와 카이 사이의 불꽃을 눈치채지 못했다.

"문제가 생길 것 같지 않은데……."

가디엘도 먼눈을 하며 무심코 그런 말을 해버리고 말았다.

"일단 나도 결계를 펼쳐둘 건데……."

로벨이 한숨을 내쉬며 하고 조용히 중얼거렸지만, 그 말도 엘렌에게는 닿지 않았다.

그 점에 관해서는 사우벨도 엘렌과 마찬가지로 신경이 쓰였는지, 여성 기사 이름을 여럿 떠올려 보았지만 아무래도 가디엘과 함께 행동한다고 하면 역시 어려울 듯했다.

"어째서 그렇게 정하질 못하는 건가요?"

엘렌의 소박한 질문에 로벨이 어깨를 으쓱이며 설명해주었다.

"여성 기사 자체가 애초에 적단다. 그녀들은 왕비와 왕녀의 호위를 맡고 있고. 왕복으로 며칠이 걸릴지도 모르는 곳에 전하와 함께 파견한다고 하면 그게 조금 말이지……."

"반크라이프트가의 사람들도 안 되는 건가요?"

"뭐라고 말하면 좋을까……. 전하를 노린다고 보여질 수 있단다."

"네?!"

사우벨의 설명에 엘렌과 라필리아가 놀랐다. 이른바 왕태자비의 자리를 노리는 귀족들의 다툼이다.

"아이가 생긴 걸 빌미로 결혼해버리면 여신의 제약으로 간단히는 이혼할 수 없게 되니까. 그걸 노리고 귀족들이 자신의 딸을 기사로 보내오지. 그런 문제가 일어났을 때를 위해 가문이 제한되어 있단다."

로벨의 설명에 엘렌과 라필리아는 흠칫했는지 둘이 함께 가디엘에게서 한 걸음 물러났다.

그 모습에 가디엘이 충격을 받았다. 「나는 여신께 맹세코 그런 짓은 안 해!」라고 온 힘을 다해 부정했다.

"전하는 맹수에게 노려지고 있는 거야."

로벨 자신도 예전을 떠올렸는지 한숨을 내쉬며 「귀족은 이래저래 큰일이야」라고 말했다.

"그럼 저랑 라필리아는 공작가라서 전하와 함께 갈 수 있는 건가요?"

"맞아. 실수가 벌어진다고 해도 전하와 신분이 맞으면 문제는 없지. 그렇다면 자연히 백작가 이상의 여성 기사가 바람직해. 하지만 지금은 모두 왕비님들 쪽으로 나가서 아무도 없단다."

"실수 같은 건 벌어지지 않아요!"

엘렌은 단호하게 말했지만, 그 말을 들은 가디엘은 매우 복잡한 기분이 되었다.

"엘렌, 그렇게 딱 잘라 말하지 않아도…… 분명 접근할 수 없지만……."

"뭔가요?"

"아니…… 아무것도 아니야……."

살짝 침울해진 가디엘의 어깨에 라베가 위로하듯이 툭 손을 올렸다. 그 모습을 보고 있던 로벨이 코웃음을 쳤다.

"우리 딸한테 그런 이야기는 통하지 않습니다. 둔하니까요!"

"앗, 갑자기 제 흉을 보는 건가요?"

"좋은 의미로 하는 말이야!"

"아버지, 잠시 가까이 오지 말아주세요."

"어째서어어어어어?! 싫어어어어어어어!!"

소리치는 로벨을 엘렌이 흥 하고 무시하자, 로벨은 「반항기 반대!」

라고 말하며 라필리아에게서 엘렌을 빼앗아서는 꼭 끌어안았다.

"큰아버지는 버겁네……."

라필리아까지 질색을 했다. 주변의 시선은 엘렌에게 매우 동정적이었다.

"저한테 생각하는 바가 있습니다. 잠시 물어보고 오겠습니다."

그때까지 잠자코 있던 반이 목소리를 냈다.

"누구지?"

가디엘은 반이 사람 모습으로 변신한 것을 지금까지 눈치채지 못했던 듯 놀랐다.

"반입니다. 카이와 계약한 대정령이죠."

로벨이 소개하자 가디엘과 호위들이 놀랐다.

"그 대정령님인가……? 이거 놀랍군."

반이 짐승으로 변신해 보이자 가디엘이 「오오!」 하고 흥분하며 신나 했다.

"대정령님은 대단한걸!"

상대가 저주받았느니 하는 것과 관계없이, 반은 칭찬받는 것이 그저 기쁜 모양이었다. 귀와 꼬리가 「역시 그렇지?」라고 말하듯이 살랑살랑 흔들렸다.

그러나 등 뒤에서 카이가 뚜웅~ 하게 눈을 가늘게 뜨고 있다는 것을 깨닫고는 당황하더니 「다녀오겠습니다」 하고 모습을 감추었다.

가디엘은 반의 모습이 사라진 것에도 흥분했다. 호위들은 예전부터 가디엘이 정령을 동경했다는 사실을 알고 있었던지라, 그 모습을 흐뭇하게 바라보았다.

"대정령님과 계약하다니 정말 훌륭해. 부디 그 힘으로 백성을 지켜주게."

"거절합니다. 저와 그 녀석은 엘렌 님의 호위입니다. 이 힘은 엘렌 님을 지키기 위해 존재합니다."

카이의 말에 가디엘의 웃음이 딱 멈추었다.

"엘렌의 호위라고……?"

그것만으로 서로 무언가를 눈치챘는지, 갑자기 둘 사이에 불온한 공기가 감돌았다.

그 모습을 지켜보던 엘렌은 카이의 불경한 태도는 괜찮은 것인가 싶어 불안해졌다.

로벨과 카이는 당연하다는 듯이 당당해했지만, 사우벨은 머리를 감싸 쥐었다. 역시 그렇게 당당하게 말할 일은 아니리라.

그러나 가디엘과 카이 사이에 끼어드는 존재가 있었다. 엘렌 앞에 서서, 두 사람으로부터 감싸듯이 엘렌을 등 뒤로 감춘다.

"두 사람 다, 엘렌에게 접근할 생각 마!"

라필리아가 가디엘과 카이를 위협했다. 그 발언에 가디엘과 카이가 한순간 「뭐?」 하는 표정을 지었지만, 곧바로 상황을 이해한 듯 이번에는 세 사람이 일촉즉발의 상태가 되었다.

"진정해!"

엘렌이 당황하며 소리쳤고, 그 모습을 보고 있던 사우벨이 어처구니없어하며 말했다.

"라필리아가 엘렌의 호위 기사 같군요……."

"실제로 그렇지. 그 여자의 딸이란 이유뿐이었다면, 라필리아는 데려가지 못했을 거다."

사우벨의 중얼거림에 로벨이 답했고, 둘은 상황을 조용히 지켜보았다.

이전에 라필리아는 가디엘을 좋아하는 낌새였고, 그래서 사우벨은 이 일에 라필리아를 동석시키는 것을 주저했다. 하지만 아무래도 기우였던가 보다.

한편, 호위 세 사람 쪽으로 시선을 돌려보니 라베는 히쭉히쭉하며 재미있어했고, 포겔은 흘러가는 상황을 걱정스러워하며 지켜보고 있었다.

트루크에 이르러서는, 집사로서 차를 끓이고 있는 로렌을 뜨거운 눈으로 바라보고 있었다.

시선을 깨달은 로렌이 곁눈질로 찌릿하고 트루크를 노려보자, 그 시선을 받은 트루크가 화끈 얼굴을 붉혔다.

그런 트루크를 본 포겔이 눈과 입을 동그랗게 만들었다.

"트루크 너, 그런 녀석이었냐……."

포겔의 중얼거림이 엘렌에게까지 들려왔다. 무심코 힐끔 보자, 트루크가 힐끔힐끔 로렌을 바라보며 이유를 가르쳐주었다.

"로렌 님은 제 큰 숙부셔서……."

"그랬나요?!"

놀란 엘렌의 목소리에 반응하며 전원의 시선이 트루크와 로렌에게로 쏟아졌다.

"자네는 루디가 사람이었나?"

몬스터 템페스트 이후 로벨은 텐바르 귀족과 전혀 얽히지 않았었으니, 모르는 것도 무리는 아니었다.

"루디가?"

엘렌의 의문에 로벨이 답해주었다.

"반크라이프트는 텐바르의 군사령이지만, 그건 표면적인 일에 한정된단다. 루디가는 주로 뒤를 관리하는 가문이지."

"……뒤."

은밀한 일을 하는 가문인 것이냐고 엘렌이 묻자, 바로 그렇다며 로벨은 엘렌의 머리를 쓰다듬었다.

"본래는 그림자 한 명에서 생겨난 집안인데, 그 남자의 애칭이 루디였지. 그 가문 사람들은 출생을 감추고 다른 집의 양자로 들어가, 대대로 왕가를 섬긴단다. 로렌은 전 왕을 섬겼어."

"네에――?!"

엘렌과 라필리아가 놀랐다. 카이는 놀라지 않은 것을 보면 알고 있었던 모양이었다.

"큰 숙부님은 전장에서 싸우는 바르벨 님께 반해서 루디가를 나가셨습니다. 그 후로는 제 조부가 당주가 되어 대대로 왕가를 섬기고 있습니다."

"하하하. 그리운 이야기입니다."

로렌이 모두에게 차를 내주며 웃었다. 로렌은 트루크의 존재를 알고 있었는지, 자리에 맞지 않게 분별없이 뜨거운 시선으로 바라보는 것을 질책하는 의미를 담아서 노려보았던 모양이었다. 그러나 그것조차도 기뻐하는 결과가 되고 말았다.

"저희 일족에게 큰 숙부님은 전설의 인물입니다."

반짝반짝한 눈으로 로렌을 바라보는 트루크는 평소에는 과묵하고 냉정한 남자라고 한다.

언제나 함께 행동하고 있는 가디엘 일행까지 트루크의 모습에 놀라고 있었다.

"동경하는 사람이로군요."

"네. 바로 그렇습니다!"

엘렌의 말에 트루크가 기뻐하며 동의했다.

"그것참. 황송합니다."

우아하게 귀족식 인사를 해 보인 로렌을 트루크가 넋 나간 시선으로 바라보았다.

"그러고 보니 할머님이 로렌과 할아버님을 두고 다퉜다고 했는데, 할아범도 할아버님 아래로 밀고 들어왔기 때문이었군요."

그 말에 놀란 로렌 이외의 전원이 퍼뜩 엘렌을 보았다.

"자, 잠깐, 엘렌⋯⋯ 그 이야기는 처음 듣는데."

두고 다퉜다는 것은 무슨 의미냐며 동요하는 사우벨. 로벨은 비스듬하게 위를 올려다보면서 기억을 더듬으며 미간을 좁혔다. 그런 일이 있었던가? 하고 고개를 갸웃거렸다.

"할머님은 할아버님께 한눈에 반해서 밀어붙였다고 하셨어요. 그랬는데 옆에 할아범이 있었고, 할머님이 질투하셨대요."

"그 무렵의 이자벨라 님은 그것참 정말이지……."

의미심장하게 웃는 로렌을 보며 엘렌은 납득했다.

"할아범은 재미있어했군요!"

"하하핫!"

아무래도 그 말대로였나 보다. 사우벨 일행의 머리 위에는 물음표가 떠올랐고, 엘렌이 웃으며 가르쳐주었다.

『로렌은 짓궂어~~ 그 사람이 보지 않는 곳에서 나를 향해 히죽 웃어 보이지 뭐니. 나는 질 수 없다고 생각해서, 우선은 주변을 공략하려고 여기저기에 들이닥쳐서 음식을 대접했단다!』

엘렌이 이자벨라가 했던 말을 그대로 이야기하자 로벨과 사우벨은 짚이는 바가 있는지 「그건가!」 하고 중얼거렸다.

반크라이프트의 광부들이 이자벨라에게 호의적이었던 것은 그러한 사정이 있었기 때문이리라.

전 왕의 심복이라는 말까지 들었던 로렌이 바르벨에게로 온 후, 화제는 언제나 로렌이었다. 남편의 관심을 자신에게 돌리기 위해 이자벨라가 분투했었다는 이야기였다.

바르벨 본인도 처음에는 로렌에게 당황했는지, 쩔쩔맸다고 들었다.

조부는 오는 사람을 막지 않는, 그릇이 아주 커다란 사람이었던가 보다.

"주인어른이 태어나시기 전의 이야기입니다. 저는 두 분의 사이를 훼방하는 악역 같은 짓을 했지요. 그 덕분에 주인님이 태어나신……."

"애들 앞에서 그만두게—!!"

얼굴이 붉어진 사우벨이 허둥지둥 소리쳤다. 로렌이 소리 높여 웃고 있었다.

그 모습을 보며 가디엘이 웃었다.

"반크라이프트는 즐겁군."

"전하…… 잘 마무리하셨습니다."

라베의 칭찬에 가디엘은 「그런가?」 하며 고개를 갸웃거렸다.

마침 그 타이밍에 반이 정령계에서 돌아왔다. 로벨이 다시 진지한 표정을 지었다.

"반, 어찌 됐지?"

"승낙은 받았습니다만, 여왕님이 조금 날뛰셨습니다."

"……응?"

"어머니가요?"

"나도 가고 싶어~~! 라고, 말씀하셨습니다."

반이 국어책 읽기로 오리진의 흉내를 냈다. 그녀를 아는 이들이 살짝 뿜었다.

"그럼 내 여왕님을 달래줘야겠군."

"피해가 생기기 전에 돌아가겠습니다! 전하, 시간을 내주셔서 감사했습니다."

숙녀의 인사를 하며 감사를 전하는 엘렌에게 가디엘은 고개를 끄덕여 보였다.

"……그래, 의미 있는 시간이었어."

가디엘의 대답을 듣고서 엘렌은 부드럽게 미소 지었다.
엘렌이 안녕 하고 손을 흔들었다. 거기에 가디엘도 한 손을 들어 답했다.

엘렌이 사라진 곳을 한참 바라보던 가디엘은 사우벨의 목소리에 겨우 그쪽을 돌아보았다.
"전하, 시간이 늦었으니 이만 쉬시지요. 근위병들도 방으로 안내하겠습니다."
"그래. 고맙네."
"다시 일정을 정리하죠. 로렌, 부탁하지."
"알았습니다."
로렌에게 안내를 받아 방으로 향하던 도중, 가디엘은 어쩐지 들뜬 기분이 되었다.
가디엘은 엘렌의 미소를 제대로 본 적이 없었다. 자신에게 보내진 미소는, 이전 로벨이 자랑했던 그대로였다.
눈부신 신비한 색의 눈동자를 보며 마치 축복을 받은 듯한 기쁨으로 가슴이 가득해지는 것을 느꼈다.
'엘렌은, 오래전에 나눈 약속을 지켜줄까……?'
뺨이 붉어지는 것을 막을 수 없었다. 무엇보다도 마지막에 안녕 하고 손을 흔들어준 모습을 보고, 단숨에 거리가 가까워진 기분이 들어서 기뻤다.
문득 옆을 보니 흐뭇해하며 가디엘을 보고 있는 라베와 눈이 마주쳤다.
“잘됐습니다.”
“시끄럽다.”
그만 못된 말투가 나오고 말았지만, 풀어진 얼굴은 당분간 돌아오지 못할 것 같았다.

제33화 새로운 정령

가디엘의 시찰로부터 일주일 후—.

펠페드로 향하게 된 당일 이른 아침에 반크라이프트의 저택 앞에 도착한 가디엘 일행은 사우벨이 준비한 마차의 말들을 보고 할 말을 잃었다.

"……이래서는 조금 무리가 아닌가."

잠행용으로 준비된 마차는 열 명 정도는 탈 수 있는 지붕이 달린 커다란 짐마차였다.

그러나 가디엘이 무심코 그렇게 중얼거릴 정도로 말이 튼실해서 위화감이 들었다.

통상의 군마보다 몸집이 훨씬 크고, 콧김도 매우 거칠었다. 날카로운 눈은 이쪽을 보는 것만으로도 위압감이 느껴졌다. 이래서는 단번에 평범한 말이 아니라는 것을 들키고 말리라.

"다루기 어려워 보이는 말입니다만, 이 녀석들에게 마차를 끌게 할 겁니까……?"

포겔이 떨리는 목소리로 묻자 사우벨은 로벨을 힐끔 보았다. 마치 「형님 탓입니다」라고 말하는 것 같은 태도였다.

"그 말들이 아니면 무리다."

"무슨 말씀입니까?"

"라필리아를 위해 데려온 호위가 좀 말이지……."

빰을 긁적이는 로벨은 엉뚱한 방향을 보고 있었다. 마침 그때, 엘렌과 반이 전이해 왔다.

"안녕하세요!"

엘렌은 여성용 승마복 같은 가벼운 옷차림이었다. 타이츠를 입고 무릎이 살짝 보이는 짧은 승마바지와 가죽 부츠, 외출용 판초로 평소와 다른 인상을 주었다.

당장이라도 뛰어다닐 것만 같았다.

판초에는 하얀 레이스 깃에 흰 자수가 자연스럽게 놓여 있어서 그녀에게 아주 잘 어울렸다.

"안녕. 엘렌, 그 옷 아주 잘 어울려."

"에헤헤. 고맙습니다! 할머님이 만들어주셨어요!"

판초의 자수는 이자벨라가 놓아주었다. 광산에 가려면 움직이기 편한 옷을 장만하는 편이 좋다며, 드레스와는 별도로 만들어준 옷 중 하나였다.

엘렌은 움직이기 편한 이 옷이 마음에 들었는지 로벨 앞에서 「이것 보세요」라며 빙글빙글 돌았다. 판초가 부드럽게 펼쳐졌다.

로벨이 미소 지으며 귀여워 귀여워 하고 머리를 쓰다듬고 있으려니, 라필리아와 카이가 나타났다.

"좋은 아침—!"

엘렌이 두 사람 곁으로 달려갔다.

라필리아와 카이는 움직이기 편한 승마복 차림이었다. 라필리아의 윗옷이 엘렌의 것과 어딘가 비슷한 것이, 일부러 맞춘 것 같았다. 라필리아의 옷에도 마찬가지로 꽃 자수가 놓여 있었다.

며칠 분의 짐 싣기는 이미 끝나 이제 출발하기만 하면 되는 상황에서, 가디엘이 늘어났을 터인 호위가 안 보인다는 말을 꺼냈다.

"아아, 전하. 소개하겠습니다."

로벨이 그렇게 말한 순간, 상공에서 엄청난 위압감이 쏟아졌다. 마치 온몸에 중력이 걸린 것처럼 무릎을 꿇을 뻔했다.

"여어어~~ 나는 아우스톨. 잘 부탁한다~~."

모두의 앞에 내려선 여성은 키도 크고 어깨도 넓었다. 가까이에 있던 사우벨과 비교해도 가볍게 그 체형을 능가했다. 망토 사이로 근육이 솟아 있는 것을 알 수 있었다.

가디엘과 호위들은 새파래졌다. 게다가 말들도 겁에 질렸다.

"제 어머님입니다."

짐승의 모습으로 변해 있는 반이 그렇게 덧붙인 순간, 가디엘의 얼굴이 환해졌다.

"대정령의 어머님이신가! 부디 잘 부탁……."

"어이 어이 어이~~, 이 애송이 저주받았잖아? 어엉? 그렇다는 건, 너가 어딘가에 산다던 바보 자식의 후예인가?"

아우스톨이 갑자기 살기를 날리자 가디엘은 한순간 굳어지고 말았다. 하지만 금세 표정을 고치고 진지한 얼굴이 되었다.

"그렇다. 내가 그 후예다."

태연하게 대답하는 가디엘의 모습에 아우스톨은 순간 어안이 벙

벙해졌다. 그리고 곧바로 크게 웃음을 터뜨렸다.

"흐으음, 뭐 됐어. 나는 여왕의 명령에 따를 뿐이다."

"여왕의? 그건……."

"아우스톨."

로벨의 제지가 들어왔고, 아우스톨은 손을 휘휘 내저으며 얼버무렸다.

"죄송합니다. 전하."

"……아니, 괜찮다. 사실이니까."

로벨의 형식적인 사죄에 가디엘은 조금 쓸쓸하게 웃었다.

그 외에 마부와 마부의 호위로 견습 기사가 한 명 동석한다고 사우벨이 소개했다.

"너 카르잖아!!"

아무래도 안면이 있는 사이였던가 보다. 라필리아의 외침에 사우벨이 「아는 사이였니?」 하고 물었다.

"……견습 기사 카르라고 합니다. 부디 잘 부탁드립니다."

그렇게 말하고는 바로 라필리아를 찌릿 노려보았다. 두 사람 사이에 빠직빠직 불꽃이 튀었다.

카르는 라필리아가 아직 학원에 재적해 있을 때, 그녀의 행동에 대놓고 이런저런 말을 했던 남자다.

다크 브라운의 짧은 머리카락, 까무잡잡하게 탄 피부. 희미하게 주근깨가 보이는 것이 아기 사슴 같은 인상을 주는 소년이었다.

열네 살이라는 나이지만, 손발 크기가 어른 못지않게 컸다. 금방 키가 클 것 같았다.

라필리아보다 한 학년 위였던 카르는 기사과 수업으로 반크라이프트령에서의 훈련 중에 그녀와 재회했다.

지금은 얼굴을 마주할 때마다 별것 아닌 일이 말다툼으로 발전했고, 라필리아의 훈련 상대가 되어서는 매번 뻗고 있었다.

라필리아의 전투 기술은 이미 학원생만이 아니라 기사들 중에서도 탑에 가까웠다. 일대일 승부가 되는 것은, 지금은 사우벨 정도였다.

그렇기 때문에 라필리아의 훈련은 그녀 한 명 대 여러 명인 경우가 보통이었다.

그중에서 카르만이 혼자 덤벼들었다가 매번 뻗고 있는 것이다. 포기하지 않고 라필리아에게 계속 도전하는 모습을 본 주변 사람들은 상당히 무모…… 아니, 배짱 넘친다고 인정하고 있었다.

게다가 본가가 목장을 하는 덕분인지 카르는 말을 다루는 일에 익숙한 데다 동물의 말을 이해한다는 소문이 돌고 돌아 사우벨에게까지 전해진 모양이었다.

"그 말들은 상당히 고집이 센데, 어째선지 카르는 잘 따르더군."

"저는 동물의 마음을 알 수 있습니다!"

기사단장인 사우벨이 이름을 기억해주고 있다는 사실을 카르는 자랑스럽게 여겼다.

그러나 그 딸과 사이가 나쁜 건 괜찮은 것이냐고 모두가 그런 생각을 하고 있을 때, 엘렌은 카르의 옆에 있는 무언가를 눈치챘다.

"자그마한 아이가 있어요."

카르에게 다가간 엘렌이 검지를 내밀자 살며시 빛나는 것이 엘렌의 손가락 끝에 앉았다.

나비인가 했는데, 누에나방처럼 복슬복슬한 털이 자라나 있었다. 검고 동그란 눈이 깜빡이며 엘렌을 보았다.

"작은 정령이네요. 혹시 카르 씨가 좋은 거니?"

엘렌이 묻자 그 정령은 끄덕, 고개를 끄덕였다.

"카르 씨, 이 아이와 함께 있어 주시겠어요?"

엘렌이 그렇게 말하며 정령이 앉은 손가락을 카르의 눈앞으로 살며시 내밀었다. 카르는 수상해 보일 만큼 딱딱하게 굳어 있었다. 무슨 일이 일어나고 있는지 이해하지 못한 모양이었다.

"어, 저기? 그…… 저, 동물은 뭐든 좋아합니다만……. 어? 이건 벌레? 응?"

"이 아이, 귀여운가요?"

"어, 으음……. 귀엽……습니다."

"이 아이의 목소리에 귀를 기울이고. 이름을 들어주세요."

"이름……?"

엘렌의 손가락에 앉은 채인 자그마한 정령과 눈이 마주쳤다. 동그란 눈이 자신을 바라보자 카르는 너무나도 귀여운 나머지 목소리를 듣는 것보다 머리를 쓰다듬어보고 싶어졌다.

살며시 손가락으로 자그마한 정령의 머리를 쓰다듬은 순간, 머릿속에 목소리가 들려왔다.

『라시옹.』

"……라시옹?"

들려온 목소리를 앵무새처럼 카르가 중얼거렸다. 그러자 카르와 라시옹의 만남을 축복하는 듯한 따뜻한 바람이 부드럽게 두 사람을 감쌌다.

"……어?"

당황한 카르에게 엘렌이 웃어 보였다.

"계약, 축하해요! 사이좋게 지내줘요."

라시옹이 기뻐하며 카르의 주변을 빙글빙글 날았다. 둥실둥실 인분(鱗粉) 같은 가루가 반짝이며 흩날렸다.

"알아채 줘서 다행이야. 라시옹."

엘렌의 축복하는 말에도 카르는 여전히 믿을 수 없다는 듯이 어찌할 바를 몰라 했다.

"동물의 마음을 알 수 있다는 게, 카르 씨와 라시옹의 힘인가?"

고개를 갸우뚱한 엘렌은 시험 삼아 마차를 끌 예정인 말들의 마음을 알 수 있느냐고 카르에게 물어보았다.

"아, 그게, 저기…………."

카르가 의식을 집중하자 라시옹이 카르의 바람을 전하듯이 날개를 펼쳤다.

말 바로 위로 라시옹이 날아가자 말에게 금가루가 떨어졌다. 그리고 말의 목소리를 들은 라시옹이 공기의 진동을 이용해 통역하는 것 같았다.

"…………무서워?"

말이 옆에 있는 아우스톨을 몹시 무서워하고 있다는 걸 알았다.

말 옆에 다가가지 말라고 로벨에게 잔소리를 들은 아우스톨은 부루퉁한 목소리를 냈다.

"정말이지, 근성이 없는 말들이군! 내가 나중에 제대로 단련해주마."

"그만둬."

로벨이 한숨을 섞어가며 그리 말하자 아우스톨은 사라졌다.

"출발하기 전에 새로운 정령 마법사의 탄생이라. 상당히 좋은 징조 같은데?"

로벨이 그렇게 말하자 엘렌도 기뻐했다.

하지만 정령과 평소 인연이 없는 가디엘 일행과 당사자인 카르는 사태를 받아들이는 데 시간이 걸렸고, 그 탓에 출발이 조금 늦춰지고 말았다.

*

엘렌 일행이 펠페드로 향하기 위해 마차에 올랐다.

겨울이라 쌀쌀하기는 했지만, 쾌청하고 공기가 맑아서 기분 좋은 아침이었다. 로벨의 결계로 마차 안에는 냉기가 들어오지 못하게 되어 있어 아주 쾌적했다.

게다가 승차감이 좋도록 이자벨라가 개량의 개량을 거듭한 마차 안에는 이 정도나 필요할까 싶을 만큼 쿠션이 대량으로 놓여 있었다.

발밑이 폭신폭신해서 조금 불안정하기는 했지만, 엘렌과 라필리아는 둘이서 「폭신폭신!」이라고 말하며 즐거워했다.

마차 양옆에는 의자로 보이는 가로로 긴 나무 상자가 일렬로 배치되어 있었고, 그 위에 앉게 되어 있었다. 엘렌이 무심코 했던 한마디로, 그 상자의 뚜껑에 쿠션을 꿰맬 수 있도록 개량까지 되어 있었다.

상자 안에는 야영용 짐과 식재료와 옷 등이 상자별로 구별되어 담겨 있었다. 알뜰한 공간 사용법에 가디엘은 두리번두리번 흥미진진해하며 마차를 둘러보았다.

최근 반크라이프트령에서는 말을 이용한 버스 같은 합승 마차 시스템이 시작되었다. 이것은 그 합승 마차의 개량판이다.

"엘렌이 폭신폭신한 걸 좋아한다는 걸 안 후로 어머님의 손길이 곳곳에 미치고 있군."

"할머님이랑 이렇게 하면 저렇게 하면 하며 이야기하는 사이에, 깨닫고 보니 이렇게 되어 있었어요!"

"엘렌도 관여하고 있었던 건가."

대화를 나누면서 제각기 자리에 앉았다. 식재료 등은 첫날에 쓸 양만 실려 있었다. 대부분 도중에 조달할 수 있어 짐은 상당히 적었다.

가디엘 일행이 가져온 짐을 카이가 상자에 담자, 가디엘도 그 호위들도 흥미진진해하며 카이의 손가를 들여다보았다.

왕가의 짐에는 자물쇠를 달았다며 카이에게서 열쇠를 건네받았다. 열쇠를 손에 쥔 가디엘은 감탄한 듯했다.

"반크라이프트는 정말 흥미롭군."

가디엘의 목소리가 들뜬 것을 눈치챈 라베 일행이 쓴웃음을 지었다.

마차 안쪽부터 엘렌과 라필리아, 로벨, 카르에 이어 엘렌과 최대한 거리를 두도록 가디엘, 문 가까이에 라베가 앉았다

마부 옆에는 카르가 앉을 예정이었는데, 길을 가며 정령 마법사로서의 기초 지식을 배울 수 있도록 오전에는 마차 안에서 대기하게 되었다.

호위로는 트루크와 카이가 말을 탄 채 마차 앞뒤에 자리했고, 마부 옆에는 포겔이 대기하고 있었다.

아우스톨은 모습을 감춘 채 대기했다. 반도 모습을 감춘 상태로 마차 지붕에 엎드려 누워 말에게 도움이 되도록 뒤쪽에서 부드러운 바람을 불러일으키고 있었다.

도중에 점심시간을 가질 때까지는 이대로 나아가게 된다. 그때까지 로벨이 카르에게 정령 마법사의 기초를 최소한이라도 가르칠 예정이었다.

"기초라고 해도 정령과의 교류를 통해 배워가니까, 그다지 할 건 없는데."

"교류……라고요?"

로벨의 말에 카르가 당황했다. 라시옹과 이제 막 마음을 주고받은 상태이니 당연하리라.

"정령과 계약하는 데 있어 가장 중요한 건 정령의 존재를 깨닫는 일이다."

엘렌이 라시옹을 눈치채고 카르에게 가르쳐주지 않았다면, 카르는 라시옹과 이야기하지 못한 채였을지도 모른다.

"엘렌 님, 고맙습니다!"

카르가 엘렌을 향해서 힘차게 고개를 숙였다.

"라시옹이 눈치채주길 바랐어요. 목소리가 전해져서 다행이야."

엘렌의 말에 라시옹이 응응하고 고개를 끄덕였다. 카르는 순간 왈칵 얼굴을 일그러뜨렸다.

"라시옹…… 너, 줄곧 나한테 말을 걸고 있었구나. 알아채지 못해서 미안해."

카르가 라시옹의 머리를 쓰다듬자, 라시옹은 기분 좋은 듯 눈을 가늘게 뜨면서 몸을 맡겨왔다. 기뻐하며 카르의 손가락에 더듬이를 감고 더 쓰다듬어 달라고 조르고 있었다.

"으읏…… 훌쩍."

카르는 넘쳐흐르는 눈물을 소매로 훔쳤다.

"나, 나…… 정말로? 정령 마법사인가요?"

"아아, 그래. 틀림없다. 잘됐구나."

카르는 한동안 오열을 멈추지 못했다.

정령 마법사가 될 수 있는 것은 극히 일부. 텐바르국에서는 단숨에 출세 가도에 오르게 된다.

"보아하니 동물과 의사소통을 할 수 있는 능력 같구나."

로벨이 빤히 카르를 바라보았다. 코를 훌쩍이면서 고개를 든 카르는 로벨의 시선을 받고서 움찔 어깨를 떨었다.

"아, 저는, 죄송합니다. 이렇게, 갑자기 울어서……."

"정령 마법사는 노력으로 될 수 있는 게 아니다. 감정이 고조되는 것도 당연하지."

로벨은 카르의 어깨를 툭툭 두드렸다. 좀처럼 볼 수 없는 로벨이 누군가를 위로하는 모습에 엘렌은 내심 놀랐다.

오리와 만났을 때가 떠오른다고 중얼거리는 것이, 카르를 보고 그때가 그리워진 모양이었다.

그러다 라필리아가 카르를 무어라 말할 수 없는 표정으로 보고 있다는 것을 눈치챘다. 같은 견습 기사이기에, 정령 마법사의 강함을 알고 있는 것인지도 모른다.

"뭐, 뭐야?"

의아하다는 표정을 지으며 카르가 라필리아에게 묻자, 그녀는 조금 망설이더니 흥 하고 젠체하며 말을 던졌다.

"……제법이네."

"…………뭐?"

카르가 라필리아를 보고 눈을 깜빡였다. 결국에는 「뭐 이상한 거라도 먹었어?」라는 말까지 꺼냈다.

"실례잖아! 솔직하게 칭찬한 것뿐인데!"

"너한테 칭찬받다니 무섭다고!"

"뭐라고?!"

두 사람에게서 짐승의 으르렁거리는 소리가 들려오는 것만 같은 기분이 들었다. 아무래도 견원지간인 모양이다.

“전하 앞이다. 그만들 해라.”

로벨이 한숨을 내쉬며 말하자, 라필리아와 카르는 조용히 말다툼을 멈추었다.

그러나 여전히 두 사람의 시선은 분노를 담고 서로 뒤엉켰다. 평소 얼굴을 마주할 때마다 이러했으리라.

엘렌은 두 사람을 보며 반과 카이를 떠올렸다.

“사이가 좋네요!”

““어디가?!””

라필리아와 카르의 목소리가 하모니를 이루었다. 역시 사이가 좋다며 엘렌이 웃고 있으려니 가디엘도 참지 못하고 웃음을 터뜨렸다.

“푸흡…… 미, 미안…… 후훗.”

어깨를 들썩이며 웃는 가디엘은 참아보려 애썼지만 몇 번이나 실패했다.

결국에는 라베의 등 뒤에 숨어 웃고 있었다.

“전하께서 웃음이 터지신 모양입니다. 죄송합니다. 이렇게 되면 전하는 좀처럼 멈추질 못하십니다.”

방패가 된 라베가 대신 사과했다. 가디엘의 의외의 일면을 본 엘렌도 웃었다.

“아…… 미안해. 오랜만에 이렇게 웃었어.”

가디엘은 배를 문질렀다. 너무 웃어서 복근이 당기는 것이리라.

"카르."

"네, 네!"

"자네의 계약을 볼 수 있었던 행운에 감사한다."

"화, 화화화황송합니다!"

일어서서 감사 인사를 하는 카르에게 「편하게 있도록」 하고 가디엘이 말했다.

"카르, 이곳에 불려오기 전에 사우벨 님께 들었으리라 생각하는데."

"네."

"우리는 잠행 중이다. 전하라고 부르는 건 곤란해. 지금의 나는 가디스다. 모두 그렇게 불러줬으면 해."

"……가디스 씨?"

"엘렌, 가디스면 돼. 다시 한번."

"……가, 우읍."

"말하지 않아도 돼."

엘렌이 애써 말하려 했더니, 로벨이 싱긋 웃으면서 엘렌의 입을 손으로 막아 멈추었다.

"큰아버지는 정말로 마음이 좁네."

라필리아의 말에 로벨이 미소 띤 얼굴로 돌아보았지만, 그 눈은 웃고 있지 않았다.

"가디스? 큰아버지의 말대로 하는 편이 좋아. 이 사람, 버겁거든."

"아, 그래……."

상당히 거침이 없었다.

로벨은 떨떠름한 얼굴로 입을 다물었지만 「나는 그렇게까지 버겁지 않아」라는 중얼거림이 엘렌의 등 뒤에서 들려왔다.

로벨의 손을 떼어내는 데 필사적이었던 엘렌이었지만, 라필리아의 대담한 태도에 웃음이 멈추지 않았다.

"후훗, 후후, ……후후훗."

"아, 이번엔 엘렌이 터졌어."

라필리아가 그렇게 말하며 별일이라는 듯이 엘렌을 바라보았다.

이러쿵저러쿵 왁자지껄 이야기하는 동안, 순식간에 점심시간을 가질 지점에 도착했다.

*

점심 식사를 할 지점에서 이자벨라가 준 대량의 도시락을 다 함께 먹고, 호위들이 각자 위치를 바꾸었다. 이번에는 포겔과 라필리아가 말에 올랐다.

오후가 되어 카르는 마부의 옆자리에 앉았다. 말의 상태를 살피며 정령 마법사로서 실제로 익숙해질 수 있도록 하라는 말을 로벨에게 들은 것이다.

다른 자들은 다음 지점까지 마차 안에서 서로 이야기를 나누었다.

"먼저 트루크를 펠페드로 보냈었다. 트루크, 부탁한다."

"예."

트루크가 품에서 몇 장의 종이를 꺼냈다.

"펠페드로 들어가기 전, 묘한 세 남자가 제게 말을 걸어왔습니다. 돌려 말하기는 했습니다만, 물어본 내용은 펠페드로 가는 이유와 체재 기간, 그리고 검은 여자의 소문입니다."

"펠페드로 가는 사람을 조사하고 있는 건가……?"

로벨은 미심쩍어하는 표정을 지었다. 세상 돌아가는 이야기라고 하기에는 심문하는 것 같은 말투였다고 한다.

"질문에 답하면서 검은 여자의 소문에 관해서는 모르는 척하고 되물었습니다. 남자들은 검은 여자의 소문을 이유로 펠페드에는 가지 않는 편이 좋을 거라고 말했습니다."

"……펠페드로 가는 자를 견제하는 것이 목적인가?"

턱에 손을 대고서 로벨은 생각에 잠겼다. 트루크는 말을 이었다.

"펠페드의 영주는 검은 여자에 관한 소문으로 곤혹스러운 것 같았습니다. 무슨 일이 생길 때마다 검은 여자 탓이라고 소란을 피우는 자가 늘고 있다더군요. 하지만 최초 목격 정보 후에 여자를 본 자는 없는 것이 밝혀졌습니다. 나중의 소문은 전부 가짜인 듯합니다."

"네? 목격 정보가 한 번뿐인데 그렇게나 소문이 돌고 있고, 거기에 더해 가지 않는 편이 좋다는 말까지 나오는 건가요?"

엘렌의 의문에 가디엘도 고개를 끄덕였다.

"검은 여자의 소문을 일부러 퍼뜨리고 있는 자가 있다고 밖에는 생각되지 않아. 이 일로 손해를 보는 건 마을의 평판이 떨어진 영주와 그곳에 사는 백성뿐이지. 제프리 님은 영지를 물려받은 지 얼마 안 되지만, 마을 주민들의 평판도 양호하다. 그의 주변도 조사했는데, 상당히 좋은 사람인 것 같았어."

"안 좋은 소문을 내는 이유를 모른다는 건가요……?"

"그래. 뭐, 그렇기에 노린 거라고도 말할 수 있겠지만……."

그 외에도 트루크는 그 세 사람의 뒤를 쫓았지만 따돌려진 일을 이야기하고, 검은 여자를 조사한 현지 병사들에게 받은 조서를 로벨에게 건넸다.

트루크를 따돌렸다고 하는 사실만 보아도 상대는 상당한 실력자라는 것을 알 수 있었다.

로벨도 엘렌도 건네받은 조서를 읽으며 턱에 손을 대고 생각에 잠겼다. 그 모습은 정말로 똑 닮아서, 가디엘은 흐뭇해하며 저도 모르게 얼굴이 풀어졌다.

"왜 그러시죠?"

"아니, 아무것도 아니야."

엘렌은 눈을 동그랗게 뜨고 고개를 갸웃거렸고, 문득 그 자세 그대로 로벨을 보았다. 그리고 둘이 똑같은 자세를 하고 있다는 사실을 깨달았다.

엘렌은 퍼뜩 턱에서 손을 떼고, 아무 일도 없었던 것처럼 로벨과는 반대 방향으로 고개를 홱 돌렸다. 엘렌의 귀가 살짝 붉어졌다.

'아버지와 같은 자세를 했어―! 으아아 부끄러워!'

이번에는 로벨이 그 자세 그대로 엘렌을 보고 고개를 갸웃거렸지만, 엘렌은 고개를 돌리고 있어 눈치채지 못했다.

"후후…… 큭……."

또다시 가디엘의 웃음보가 자극당하고 말았다. 아무래도 웃음보가 물러진 모양이다.

"전하, 마음은 이해합니다만 집중해주십시오."

"으…… 으음. 미안."

가디엘이 헛기침을 한 번 하고 다시 본론으로 돌아왔다.

"조서에 쓰인 대로 목격자의 거짓말이라는 선도 조사했지만, 동시에 여자를 목격한 사람은 셋. 그중 한 명이 여자가 새까맸다고 말했다. 여자를 본 건 영주의 집사다."

"거짓말일 수도 있다고 생각한 건?"

"실은 제프리 님에게서는 양봉 원조 요청이 올라온 상태다. 곤란한 사태를 만들어내서 도움을 받으려 하는 것인가 생각했지."

분명 그렇게 판단하는 것이 보통이리라.

"우연이 지나치게 겹친 것인지도 모르겠네요."

"이번만큼은 그쪽이었던 모양이야. 이런 판단은 상당히 어려워."

그렇게 말하면서도 진실을 알아내려 분투하고 있다는 걸 알 수 있었다.

왕태자도 큰일이구나 하고 바라보다 엘렌은 문득 병은 아닐까 싶어 조사를 했었다는 가디엘의 말을 떠올렸다.

검은 여자라는 소문을 듣고 저주나 재앙이라 여기기 전에 전염병이라고 생각하는 왕가의 사람들은 상당한 현실주의자로 보였다.

"검은 여자의 정체가, 사우벨의 전처라고 말했었는데……."

"뭔가 알아내셨나요?"

"양봉장을 관리하는 남자가 그녀의 사촌이었다. 라필리아의 조부모도 그곳에 있다는 건 확인했다. 반크라이프트를 떠나 이곳으로 옮겨온 걸 테지."

"라필리아에게 그 일은 알리셨나요?"

"아니, 아직이다. 먼저 로벨 님에게 전해야 한다고 생각했으니까."

"고맙습니다."

그렇다면 더더욱 검은 여자의 정체는 아리아일 가능성이 높다. 그걸 안 것은 잘된 일이지만, 엘렌은 고개를 갸우뚱하고 있었다.

"전하, 어떻게 그 남자들이 헬그너의 사람들이라는 걸 아셨나요?"

"아, 그건…… 폐하가 주신 정보다. 내 쪽에서도 뒤를 캐내려고 했지만……."

"죄송합니다. 저로서는 알아낼 수 없었습니다."

트루크가 사과했다. 거기까지 듣고 엘렌은 무심코 쓴웃음을 지었다.

"시험당하고 있군요."

"……으음."

말하기 어려워하고 있는 가디엘은 아마도 라비스엘에게 이 문제를 떠넘겨 받았으리라.

"그 부분도 포함해서 실력을 갈고닦으라는 것이겠지요."

로벨이 어깨를 으쓱였다. 아, 싫다 싫어, 하고 로벨이 투덜거렸다. 라비스엘의 화제가 나오자 혐오감이 고개를 내민 모양이었다.

"검은 여자가 아리아 씨. 묘한 남자들이 스파이라고 가정한다면,

쉽다고 하면 쉬울지도 모르겠네요."

엘렌의 말에 가디엘도 고개를 끄덕였다.

"그래. 관계가 있다고 여기는 게 당연하다고 판단했다."

"네. 트루크 씨에게 말을 걸었던 남자들은 텐바르의 기사들을 경계하고 있는 것일지도 모릅니다. 자신들이 아리아 씨를 찾는 사이에, 방해되는 자들이 나타나면 수색할 수 없게 되니까요."

펠페드로 들어가는 외부인은 영주에게 의뢰를 받아 찾아온 기사일 가능성이 크다. 남자들은 대수롭지 않은 이야기를 던져 상대가 기사인지 아닌지 확인하고 있던 것이리라.

"과연. 트루크를 떠본 건 기사인지 아닌지 알아보기 위해서였던 건가."

"네. 기사라면 어딘가로 유도해 그 자리에서 처리할 수도 있습니다. 그렇게 된다면 상당히 통솔이 잘 되어 있다고 판단하는 것이 타당할 테지요. 그렇다면, 도망치기 쉽도록 여기저기에 숨어 있을 가능성이 높아집니다. 한 무리를 잡아도 잔당이 도망치고 말 위험이 있습니다."

"그래, 그런가……."

"분산해 있는 적을 단번에 치거나 한곳에 몰아넣을 필요가 있다고 봅니다."

"음……."

엘렌의 제안에 가디엘은 잠시 신음했지만, 눈썹 끝이 점점 내려가더니 곤란해하는 얼굴이 되었다.

"며, 면목 없군…… 나로서는 방법이 없어. 좋은 대책이 전혀 떠오르질 않아."

풀이 죽은 가디엘이 솔직하게 이야기했다.

"사실은 엘렌에게 들키기 전에 내 손으로 해결하고 싶었는데……."

"전하……."

라비스엘에게 시험당하고, 가디엘은 자신이 할 수 있는 일을 하려 했다. 사실 이 사건을 엘렌에게 알리기 전에 끝내리라 마음먹었지만 그는 해내지 못했다.

굳이 끝내려 하지 않고 회피하는 방법을 모색했던 것이라고, 엘렌은 바로 이해했다.

오래전. 엘렌 일행이 반크라이프트가로 돌아온 지 얼마 안 되었을 때, 아리아는 로벨에게 불순한 마음을 가졌다가 엘렌에게 충고를 들은 일이 있었다.

사우벨과 아리아의 결혼식에서 아리아는 쌍둥이 여신에게 경고를 받았다. 로벨이 분노하고 집으로 돌아오지 않겠다고 선언했고, 라비스엘은 로벨이라는 전력을 잃게 만들 가능성이 있는 아리아를 처분하려 들 거라고 앞을 내다보았던 것이다.

그때와 마찬가지로 아리아가 헬그너로 건너가면 비밀리에 라필리아에게 접촉해 올 것이 뻔했다.

텐바르의 기사단장을 맡고 있는 사우벨이 그러한 상황을 잠자코 지켜보지는 않을 터다. 당장 텐바르와 헬그너는 냉전 상태에서 전쟁으로 돌입하리라.

“전하께선 하려고 마음먹으면 할 수 있었을 터인 일을 회피하기 위해 열심히 움직여주셨군요.”

“……엘렌, 어떻게 그걸.”

“아리아 씨를 몰래 살해하면 간단히 끝날 일이었습니다. 하지만 전하는 그것을 피하기 위해 저희에게 알려주신 거죠.”

“……아아. 미안해. 내 힘이 부족한 탓에—.”

“전하, 아닙니다. 저는 가르쳐주셔서 기뻤습니다.”

“엘렌……?”

“저와의 약속, 지키려 해주셨던 거죠?”

“아…… 으, 응…….”

엘렌과 가디엘은 오래전 약속했다.

『무리하게 우리와 얽히려고 하는 건 그만둬주세요. ……그렇다면 이야기를 듣도록 하죠』라고—.

원래는 라필리아의 모친이니, 아리아에게 직접 손을 대서는 안 된다고 가디엘은 생각했다.

“폐하는 분명 전하의 실력을 갈고닦기 위해, 이 사건을 맡기셨을 테죠.”

“그래.”

“하지만 조사든, 해결이든, 방법이라면 얼마든지 있다고 생각합니다.”

“어……?”

“폐하는 독자적으로 조사한 내용을 알려주지 않은 채 문제를 냈을 테지만, 전하에게는 폐하와 교섭해서 그 정보를 알아낸다고 하는 방법도 있었습니다."

"앗……!"

"저희의 힘을 사용하면 라필리아가 유괴되었을 때처럼 정보는 바로 모일 겁니다. 하지만 그러한 교섭을 배우길 바란다는 것도 또한 폐하의 마음이었을지도 모릅니다. 그리고, 깨달을 수 있도록……."

그래서 정보 교섭을 제안하지 않았던 가디엘에게 라비스엘은 다음 방법으로 「반크라이프트령으로 먼저 가라」고 말한 것이다.

"엘렌은 거기까지 아는 건가……."

라비스엘이 한 말의 의미를 겨우 이해한 모양인지 가디엘은 고개를 들어 하늘을 올려다보았다.

"하지만 하나의 행동으로 신뢰를 얻으면, 다음으로 이어진다고 제게 가르쳐주신 것은 전하입니다."

"뭐……?"

"그리고, 그것을 증명해주셨습니다."

엘렌은 가디엘을 보고 기뻐하며 미소 지었다.

"약속을 지켜주셔서 감사합니다. 그러니, 저도 약속을 지키겠습니다."

이야기를 듣도록 하죠—라고, 가디엘을 돕겠다고 엘렌이 먼저 청한 것이다.

"—읏!"

가디엘의 얼굴이 단숨에 붉어졌다. 줄곧 꿈꾸어왔던 무언가가 지금 이루어진 것만 같았다.
잃었던 신뢰를, 지금 눈앞에서 쟁취한 것이다.
"잠깐 기다려."
그러나 땅을 기는 듯한 로벨의 낮은 목소리에 엘렌과 가디엘은 현실로 돌아왔다.
"어느 틈에 두 사람이 만났던 거지?"
살기를 뿜어내는 로벨을 마주한 엘렌과 가디엘은 새파랗게 질렸다.
게다가 카이까지 불온한 공기를 주변에 흩뿌리고 있었다.
"엘렌 님…… 어느 틈에 전하와 그러한 약속을?"
"아, 저기……."
그때는 몰래 만나러 갔었다. 그런 일을 들켰다간 그냥 넘어가지 못한다.
—주로 가디엘이, 말이다.
"비, 비밀이에요!"
허둥대며 엘렌은 감추려 했지만, 그 말은 역효과였던 모양이다. 로벨과 카이는 창백해지며 충격을 받은 얼굴을 했다.
"전하, 잘됐습니다~."
라베가 히죽히죽 웃으며 말하자, 가디엘의 얼굴은 더욱 붉어졌다.
"무엄하다!"
라베를 한 번 노려보고서 시선을 돌리니, 로벨과 카이가 시커먼 감정이 번져 나온 얼굴을 하고서 가디엘을 노려보고 있었다.
"아~ ……전하, 혼자서는 행동하지 말아주십시오……."

"아, 알았다……."

하얗게 핏기가 가시는 가디엘 일행. 이래서는 작전 회의를 하고 있을 상황이 아니게 된다. 엘렌도 초조해하며 어떻게든 이야기를 되돌리려 했다.

"그, 그런고로, 전하는 눈앞에 있는 저희를 좀 더 의지해야 한다는 말을 하고 싶었습니다!"

"그, 그래."

"그래서, 현지 정보 수집 말입니다만……."

"뭔가 대책이 있는 건가?"

"반 군에게 목소리를 모아달라고 할 수는 있습니다만, 건물 안이면 벽이 방해가 되어 소리를 주울 수 없습니다. 그래서……."

"그런가, 카르인가!"

"네! 무엇보다 아리아 씨가 있는 장소는 양봉장. 벌들에게 이야기를 들을 수 있을 거라고 봅니다."

"이 무슨 행운인지. 여신께 감사해야겠어."

"네……? 아, 네."

무심코 들려온「여신」이라는 말에 엘렌은 순간 움찔했다. 수상쩍은 행동을 하고 말았다.

이 세계는 여신 신앙으로, 쌍둥이 여신을 신으로 섬기고 있는지라「여신에게 감사」,「정령에게 감사」라는 말은 일상적으로 쓰였다.

"여신 이전에, 엘렌에게 감사해주십시오."

미간에 주름을 잡고 빠안—히 가디엘을 바라보고 있는 로벨이 낮은 목소리로 말했다.

“물론이지. 엘렌이 없었다면 카르도 정령 마법사가 되지 못했을지도 몰라. 지금 이곳에 엘렌을 비롯한 모두가 있다는 사실에 감사한다.”

“네.”

““황송한 말씀입니다.””

가디엘의 치하하는 말에 엘렌이 답하자, 라베와 트루크도 뒤따라 답하며 고개를 숙였다.

그 후, 세세한 예정을 세우고 펠페드로 들어가는 대로 실행에 옮기는 것으로 정해졌다.

“나는 넘어가지 않았어. 엘렌, 나중에 잠시 얘기를 좀 하자꾸나.”

싱긋 웃은 로벨의 미소에 엘렌의 입술 끝이 경련했다.

*

해가 지기 전에 첫째 날의 거점에 도착한 엘렌 일행은 그대로 야영 준비를 했다.

아우스톨과 반은 주변을 둘러보고 짐승 등이 접근하지 못하도록 위협해두고 오겠다고 했다.

로벨이 주변에 결계를 치는 등 모두가 바쁘게 움직이는 사이, 엘렌만 덩그러니 할 일 없이 있었다.

'뭔가 할 일이 없으려나……?'

두리번두리번 주변을 둘러보지만, 모두 척척 일하고 있었다. 유일하게 가디엘이 같은 입장이 되어 있으려나 했는데, 그도 지시를 내리며 직접 텐트를 치고 있었다.

'우으…… 어디 있어도 방해가 될 것 같아…….'

이럴 때 주변을 얼쩡거리면 오히려 방해가 되지 않을까 싶어 엘렌은 잠자코 마차 끝에 앉아 기다리기로 했다.

너무나도 무료해하며 엘렌이 다리를 달랑달랑 흔들고 있으려니, 그런 그녀를 눈치챈 라필리아가 말을 걸어주었다.

"엘렌—! 한가해—?"

"한가해! 너무 한가해!"

말을 걸어준 것이 기뻐서 엘렌은 마차에서 뽕 뛰어내렸다. 생글생글 웃으며 라필리아 곁으로 달려가자, 라필리아가 웃음을 터뜨렸다.

"식사 준비를 할 건데, 도와줄래?"

"좋아! 뭘 하면 돼?"

"어디 보자…… 채소를 씻는 건 흙투성이가 되려나. 식칼 다룰 줄 알아? 이걸 이렇게 잘라줬으면 좋겠는데."

라필리아가 나이프를 솜씨 좋게 다뤄 당근을 깎고 숭덩숭덩 깍둑 썰며 시범을 보였다. 그 익숙한 손놀림에 엘렌은 눈을 반짝였다.

"라필리아 대단해!"

"그, 그래? 뭐 자주 했으니까."

식당집 손녀딸이었던 라필리아는 요리를 할 줄 알아야 한다는 조부모의 말에 따라 조금씩 주방 일을 배웠다고 한다.

"엘렌, 할 수 있겠어?"

"응. 하지만 식칼은 안 쓸 것 같은데?"

"응……?"

라필리아는 고개를 갸웃거렸다. 식칼을 쓰지 않고 어떻게 자른다는 것인가.

그 순간, 엘렌은 당근을 휙휙 공중으로 던지더니 그대로 투두두둑 잘랐다. 그저 분해할 뿐이라 엘렌에게는 식은 죽 먹기였다.

"에엑?!"

그리고는 포물선을 그리며 떨어지는 당근 아래로 그릇을 휙 전이시켰고, 그릇 위에는 제대로 잘 잘린 상태의 당근이 수북하게 쌓여 갔다.

엘렌은 준비된 양의 당근을 순식간에 잘라버렸다. 라필리아는 넋을 잃고 입을 떡 벌리고 눈을 동그랗게 떴다.

"에헤헤. 이거면 될까?"

"어, 잠깐만…… 뭘 한 거야?"

"공중에서 잘랐어!"

"아니, 응…… 그렇지……?"

라필리아는 어딘가 멍한 상태로 대꾸했다.

"다음은 뭘 하면 될까?"

두근두근 설레하는 엘렌의 재촉에 라필리아는 곤란해졌다.

"저기…… 감자를 씻을 물을 통에 퍼 올 테니까 잠깐만 기다려줄래?"

"물이 필요해?"

"응."

"통은 어디 있어?"

"아, 엘렌. 무거운데……."

엘렌은 통의 뚜껑을 열고 공기 중의 산소와 수소를 결합해, 물을 단숨에 통 안에 방출했다. 순식간에 통은 가득 찼다.

"다음은 감자 씻기지? 감자! 감자!"

"…………감자는 여기 있어."

라필리아는 이제 아무 말도 하지 않겠다고 정한 모양이었다. 다음 요리에 쓸 감자를 가져온 라필리아를 본 엘렌은 「그렇지!」 하고 크게 소리쳤다.

"왜 그래?"

"공중에 물을 띄우고…… 감자를 휙!"

"어? 잠깐, 엘렌?! 뭐 하는 거야―?!"

통 가득한 물을 두고, 공중에 물 덩어리를 출현시킨 엘렌은 떠 있는 물속으로 감자를 휙휙 던져 넣었다.

"라필리아도 던져줘!"

"응? 아, 알았어."

둘이서 휙휙 감자를 던져 넣는 중에 엘렌은 헤헤헤 하고 웃으면서 떠 있는 물에 힘을 더해 회전시켰다.

슈르르르륵 물이 소용돌이쳤다. 물줄기로 감자를 닦는 작전이다. 도중에 방향 회전과 세탁기의 날개를 떠올리며 감자를 씻어 나갔다.

"공중 세탁기~~!"

웃음과 함께 그런 말을 하며 엘렌은 힘을 썼다. 다음은 다 씻은 감자를 당근과 마찬가지로 잘랐다.

더러워진 물은 전이로 단숨에 강으로 흘려보냈다. 다른 채소도 똑같이 씻고 자르기를 반복하는 사이, 순응이 빠른 라필리아는 점점 재미를 느낀 듯 물속에 채소를 던져 넣었다.

"엘렌 대단해!"

꺄꺄 여자아이들의 밝은 목소리가 울리는 것을 깨달은 남성진이 뭔가 재미있는 일이라도 있는 거냐는 시선을 엘렌과 라필리아에게 보냈다.

그러자 본 적도 없는 마법을 쓰는 두 사람이 있었다. 어마어마한 광경에 들고 있던 짐을 떨어뜨린 자까지 생겼다.

즐거워 보이기는 했지만, 엘렌이 쓰는 마법의 수준이 여러 가지로 대단하다는 사실을 안 것이리라.

"엘렌 덕분에 엄청나게 빨랐어! 고마워! 다음은 맡겨둬!"

소매를 걷어붙인 라필리아가 자신만만하게 말했다.

고기는 반이 사냥해 온 새가 잔뜩 있었다. 익숙하게 피를 빼고 손질해가는 라필리아의 모습에 엘렌은 감동했다.

라필리아는 엘렌과 마찬가지로 아직 열세 살이다. 그 나이에 새를 손질할 수 있는 귀족 영애는 라필리아 정도가 아닐까 싶었다.

건더기가 푸짐한 스튜와 꼬치구이를 만드는 라필리아의 손놀림에 엘렌은 대단해 대단해 하고 연신 칭찬을 보냈다.

꼬치구이를 본 엘렌은 조르기 시작했다.

"라필리아, 꼬치구이 많이 만들어줘~~."

"어머, 기쁜 말이지만 괜찮겠어? 엘렌은 별로 많이 먹지 못하잖아?"

"괜찮아!"

"엘렌의 「괜찮아」는 괜찮지 않다고 아빠가 그랬었는데."

"뭐어어~?! 숙부님 너무해!"

그렇게 말했지만, 그동안 폐를 너무 많이 끼친 것이 사실인지라 엘렌은 마음속으로 반성했다.

그런 이야기를 하는 사이, 이제 푹 끓이고 굽기만 하면 되는 단계에서 남성진도 모여들었다.

"아아~ 맛있는 냄새가 나~~. 배고파—."

"카르, 너 일은 제대로 한 거야?"

"뭐어어어? 했거든요~. 저는 열심히 했거든요~~!"

"흐응."

말다툼을 하고는 있지만 두 사람은 이래저래 호흡이 딱 맞았다.

그 모습을 보던 엘렌의 표정이 점점 싱글벙글해졌다.

"엘렌, 표정이 풀어졌어."

돌아온 로벨에게 지적을 당한 엘렌은 퍼뜩 표정을 가다듬고 새침을 떨었다.

"무슨 말씀인가요?"

"정말이지~ 진짜 알기 쉽다니까."

로벨은 웃으면서 엘렌의 한쪽 뺨을 콕콕 손가락으로 찔렀다.

로벨의 무릎에 앉혀지고 품에 안겨진 엘렌은 도망칠 기회를 잃었다.

"그래서? 언제 전하를 만나러 간 거려나?"

가벼운 말투의 목소리가 머리 위에서 들려왔다. 엘렌은 싸악 핏기가 가셨다. 전이해 도망치려 했지만 결계가 펼쳐져 있어 도망칠 수 없다는 사실을 깨달았다.

"후후훗. 놓치지 않을 거야~~."

'무서워 무서워. 아버지 무서워.'

어설프게 변명하기보다는 가볍게 넘기는 편이 현명할지도 모른다고 판단한 엘렌은 솔직하게 말하기로 했다.

"라필리아가 유괴된 후……였어요. 우리와 무리하게 얽히려 들지 말라고 충고…… 부탁했어요. 그 이후로는 한 번도 안 만났어요."

"정말이지…… 어째서 그렇게 혼자 행동하는 거니?"

"잘못했어요……."

머리 위에 묵직한 무게가 더해졌다. 로벨은 엘렌을 꼬오옥 끌어안으며 한숨을 내쉬었다.

"엘렌은 여신의 힘에 눈뜬 지 얼마 안 돼서 몸 상태도 아직 불안정해. 힘을 지나치게 써선 안 되고, 절대로 혼자 있으면 안 돼."

"네. ……죄송해요."

"괜찮아. 반성하고 있다면."

로벨은 엘렌의 머리를 다정하게 쓰다듬었다. 머리카락을 빗기듯이 쓰다듬는 손길이 기분 좋았다. 안심하며 몸을 맡기고 있는 사이, 요리를 마친 라필리아가 「밥 다 됐어~~!」 하고 외쳤다.

덜어 담은 스튜와 꼬치구이의 구수한 냄새가 식욕을 자극했다. 잘라서 쟁반에 담은 빵에 잼을 발라 먹거나, 곁들여 나온 샐러드에 레몬을 뿌리거나, 모두가 시끌벅적하게 식사를 했다.

"맛있어~~!"

카르는 다람쥐처럼 양 볼 가득하게 음식을 먹었다. 그의 말에 고개를 끄덕이며 일행도 입맛을 다셨다.

"당연하지!"

라필리아는 자신만만하게 말했다.

"라필리아 님의 의외의 특기를 본 것 같습니다."

"의외라니 무슨 말이야! 너 진짜 짜증 나!"

카이의 말에 라필리아가 화를 냈다. 화내는 그녀를 본 카이는 진심으로 이해가 안 된다는 듯이 말했다.

"칭찬한 겁니다."

"하나도 안 기뻐!"

그런 표정으로 말해선 칭찬받은 기분이 안 든다고 라필리아가 화내고 있으려니, 카이가 조용히 「평소의 행실이……」 하고 미간에 주름을 잡으며 말했다.

그러한 대화를 싱글싱글 웃으며 지켜보던 카르가 신이 나서 끼어들었다.

"우와, 카이 선배한테 한마디 들었네~~!"

“두 사람, 배가 안 고픈가 봐?”

상냥함 넘치는 미소를 짓고 있는 라필리아를 본 카이와 카르는 이건 위험하다고 깨닫고 냉큼 사과했다.

““잘못했습니다.””

두 사람의 목소리가 하모니를 이루었지만, 라필리아는 「마음이 담겨 있지 않아!」 하고 소리쳤다.

“귀여운 여자아이가 만들어준 요리가 무척 맛있기까지 하다니, 마음까지 치유되네요~.”

견습들이 왁자지껄 떠드는 모습을 바라보며 라베가 절절하게 그런 말을 했다. 라베의 주변은 평소 남자들로 넘쳐나서인지, 진심이 배어 나왔다.

라필리아는 그 말을 듣고도 못 들은 척했지만, 부끄러움에 얼굴이 붉어졌다.

트루크가 기미한 음식을 가디엘에게 건넸다. 가디엘도 라필리아가 만들었다는 걸 듣고 놀랐다.

“엘렌도 도와줬어. 정말 엄청났다고!”

“에헤헤.”

엘렌은 라필리아가 칭찬해주는 것이 기뻤다. 여자아이들의 사이좋은 모습이 훈훈한 장면이기는 했지만, 남성진은 엘렌이 썼던 마법을 떠올리고 조금 창백해졌다는 사실을 엘렌과 라필리아는 눈치채지 못했다.

꼬치구이를 든 엘렌을 향해서 로벨이 아~ 하고 입을 벌리고 기다렸다. 엘렌은 로벨의 입에 넣을까 말까를 반복하며 말했다.

"아버지, 어머니를 부르는 편이 좋을 거라고 생각해요."

"응?"

"지금쯤, 어머나~! 꼬치구이~~! 하고 말하고 있지 않을까 싶은데요……."

"아아, 그러고 보니……."

예전에 노점에서 산 꼬치구이를 먹고 있던 로벨과 엘렌을 보고 「나도 꼬치구이가 먹고 싶어~!」라고 연호했던 일이 있었다.

"오리, 이리 와."

로벨이 부르자 오리진이 기뻐하며 나타났다.

"꺄아아아, 꼬치구이~~!"

상상했던 대로 입을 열자마자 그렇게 말한 오리진의 모습에 웃음이 터지고 말았다. 꼬치구이를 더 달라고 부탁하자, 「엘렌이 많이 만들어달라고 했던 건 이래서였구나」 하고 라필리아는 웃었다.

로벨의 사이좋은 「꼬치구이 아~」에 오리진은 기뻐했다.

"이거 맛있잖아."

어느새 나타났는지, 인간 모습을 한 아우스톨과 반이 꼬치구이를 우걱우걱 먹고 있었다. 짐승 모습을 한 상태로는 단숨에 다 먹어버리기 때문에 인간 모습을 했다고 한다.

그럼에도 순식간에 사라져가는 꼬치구이에 라필리아가 놀랐다.

"라필리아! 다음에 굽는 꼬치구이에는 달짝지근한 양념을 발라서 구워보지 않을래?"

조금 전까지는 소금과 레몬으로 양념해 구웠다. 「그거 좋은데!」 하고 라필리아가 엘렌의 제안을 실행에 옮겼다.

용기에 따로 담아두었던 달짝지근한 양념을 바르고 구워보니, 굽기 시작한 순간 고소한 냄새가 풍겼다.

그 냄새에 주변의 시선이 한곳에 모여들었다. 상당한 기대감이 담긴 눈빛이 라필리아에게 집중되었다.

"꼬치가, 부족할지도……."

"이제 고기가 없어."

엘렌이 그렇게 말하자 단숨에 낙담한 기척이 주변에 가득해졌다. 그 순간 의외의 사람들이 목소리를 높였다.

"제가 사냥해 오겠습니다!"

"나한테 맡겨둬!"

무투파 정령들이 일어나더니 순식간에 사라졌다. 놀란 엘렌과 라필리아는 서로 얼굴을 마주 보며 웃음을 터뜨렸다.

"추가 준비를 해둘까."

"피 빼기에 시간이 걸리지 않아? 중력 조작을 할 수 있으면 빠를 텐데."

"어머, 그렇다면 도움이 될 정령을 부를게."

오리진까지 참전했다. 부족한 재료는 로벨이 전이해 사 왔고, 그렇게 그 후에 꼬치구이 파티가 벌어졌다.

제34화 망설이는 마음

일행이 순조롭게 펠페드로 향하던 중, 이틀째에 그 일이 발생했다.
도중에 있는 마을 숙소에 도착했을 때 이쪽의 상황을 살피며 이야기를 걸어온 남자가 있었던 것이다.

트루크가 말했던 남자들과 특징이 일치했다. 옆에 있던 라필리아를 본 남자들은 경계를 늦춘 얼굴로 말을 걸어왔다. 반과 트루크가 남자들의 정보를 모으느라 분주했다.

제법 힘을 쓰는 데 익숙해진 카르도 라시옹을 통해 새와 벌레들에게 물어보았다.

시각은 아직 점심을 지난 참이라 밝았지만, 남자들과 접촉하는 상황이 생겨서는 안 된다며 로벨이 숙소의 방에 결계를 펼쳤다. 그렇게 정보가 모일 때까지 엘렌과 라필리아는 숙소에서 대기하게 되었다.

라필리아의 방은 아우스톨과 함께 묵을 수 있게 2인실로 정해졌다. 그곳에서 엘렌과 라필리아, 그리고 두 사람의 호위인 아우스톨은 로벨 일행이 돌아오기를 기다렸다.

남성진이 나가 움직이는 사이, 엘렌은 때는 지금이라는 듯이 줄곧 신경 쓰였던 일을 라필리아에게 묻기로 했다.

펠페드에 가까워질수록 그녀가 점점 기운 없어진다는 것을 눈치챘기 때문이었다.

아우스톨은 출입문 옆 벽에 기대어 귀를 기울이고 있었다. 반이 보내는 염화와 바람 마법을 써서 주변 상황을 파악하는 중이었다.

침대에 걸터앉아 창밖을 살피는 라필리아에게 엘렌이 말을 걸었다.

"라필리아, 잠깐 괜찮을까?"

"무슨 일인데?"

"아…… 저기, 펠페드에 가까워질수록 기운이 없어 보여서……."

"아…… 응……. 미안."

라필리아가 고개를 숙였다. 펠페드에 있는 아리아를 생각하고 있는 것이리라.

"아빠한테 큰소리를 치고 왔는데…… 가까워질수록 불안해져. 이래선 틀렸네……."

"……무서워?"

"응……."

아리아는 단죄받은 후 어느샌가 사라졌다. 아미엘의 책략으로 소문이 퍼지고, 반크라이프트령에서는 살기 어렵게 되었다고 한다.

마지막으로 본 아리아의 본가였던 식당은 몹시 엉망이었다. 그날부터 라필리아가 조부모와 아리아의 안부를 걱정한다는 것을 엘렌은 눈치채고 있었다.

"아빠한테 들었어. 버려진 상대가 적에게 이용당하는 일은 많다고. 우리 집은 특히 가족을 소중히 여기니까…… 엄마는 그래서 노려진 걸 거라고……."

"그랬구나……."

"귀족과 결혼한다는 건 그런 거라는 말을 들었어. 나도 엄마도 그런 각오 같은 건 없이 제멋대로 굴었고, 그래서 자업자득이라고 생각해. 하지만 막상 엄마가 노려지고 있다고 들었을 때는…… 동요했어."

"라필리아…… 그건 당연한 일이야. 그런 말을 들으면 누구라도 무서울 거야."

"하지만 귀족은, 이럴 때 딱 잘라 생각하잖아? 우선해야 하는 게 다른걸. 동요한다는 건, 내 각오가 부족한 거라고 생각해서……."

"마무리를 짓겠다는 말은 그런 의미로 했던 거구나."

"응. 하지만, 어째선지 엄마가 있는 곳에 가까워질수록 무섭다는 마음이 생겨서…… 이거, 각오랑은 좀 다르다고 깨달아서……."

점점 작아지는 라필리아의 목소리가 엘렌의 마음을 울렸다.

엘렌이 라필리아를 끌어안자, 그녀도 매달리듯이 엘렌에게 안겼다.

"아리아 씨에게 매정한 말을 듣는 게 무서운 거구나."

엘렌의 지적에 라필리아는 눈물을 글썽였다.

라필리아에게서 오열이 새어 나와 엘렌의 어깨 부근이 젖어갔다. 엘렌은 그녀의 등을 다정하게 토닥여주었다.

라필리아는 그 단죄가 있기까지 아리아를 줄곧 믿었다.

그녀는 엘렌에게 안긴 채 조용히 울었다. 엘렌도 가만히 라필리아의 등을 쓸어주었다.

아우스톨은 신기하다는 듯이 엘렌과 라필리아를 보고 있었지만,

끼어들지 않고 가만히 내버려 두었다.

잠시 후 진정이 된 라필리아가 미안하다고 말하며 엘렌에게서 떨어졌다.

"……오히려 심한 말을 듣는 편이, 속 시원하려나?"

붉어진 눈가를 문지르며 라필리아는 그렇게 중얼거렸다.

"그보다, 네가 뭔가 말해줘야겠다는 생각은 안 하는 거야?"

"으음…… 처음에는 이것저것 말해주겠다고 생각했는데, 점점 떠오르지 않게 됐어……."

"그래……."

무거운 분위기를 견딜 수 없게 되었는지, 혼자 방치되어 있던 아우스톨이 입을 열었다.

"너는 엄마와 사이가 나쁜 거냐?"

라필리아와 엘렌은 서로 얼굴을 마주 보았다. 라필리아가 간단히 지금까지의 경위를 이야기했다.

"말도 안 되는 녀석이군……!"

아우스톨은 격노했다.

"그런 녀석, 내가 비틀어 찢어주마!"

"으아—! 잠깐! 아우스톨, 안 돼요!!"

비틀어 찢어?! 하고 라필리아의 얼굴이 딱딱하게 굳어졌다.

"너 좀 지나치게 착한 거 아냐? 화내는 게 당연하다고. 아, 하지만 그 정도로 쓰레기라면 화내봤자 소용없을 것 같기도 한데!"

"아우스톨, 좀 조용히 해봐요."

"공주님이 나한테 화냈어!"

엘렌이 화내자 아우스톨은 재미있다는 듯이 웃었다.

"그리고 그건 저거야. 네 어머니는 너를 물건으로 보고 있는 걸 테지."

"……**물건**?"

"그래. 자신의 소유물이니까 무얼 해도 자기 마음대로 될 거라고 생각한 거지. 그건 너뿐만이 아니라, 남편도 그랬을 거다. 마음에 드는 걸 모으는 것처럼 남자를 모은 거야. 남자도 많잖아? 그런 녀석은."

"아빠도……."

"반대로 자식에게 지나치게 의존하는 부모도 있지. 공주님의 아버지처럼 말이야."

"아……."

그 말을 들은 엘렌은 지쳐서 영혼이 빠져나간 것 같은 상태가 되었다.

"나는 어느 쪽인가 하면, 방치야. 꼬마를 놀리는 건 재미있지만."

"꼬마?"

"반 군 말이야."

"그 녀석을 꼬마라고 부르는구나……."

"반 군은 자주 화내고 있어. 저는 꼬마가 아닙니다! 하고."

엘렌이 반 흉내를 내자 아우스톨이 큰 소리로 웃었다.

"가족이라는 건 다 다른 거다. 타인이 뭐라고 참견하든 관계없어. 네가 어떻게 생각하고 어떻게 행동하는가가 전부다."

"내가……?"

"하지만 말이지, 눈물이 날 만큼 스스로를 몰아붙여선 안 돼. 이쪽이 신경을 쓴다고 해도, 상대는 신경 쓰지 않기도 하니까. 포기하는 것도 중요해."

"…………."

"아아~ 그나저나 내가 말해놓고 찔리네! 나도 싸우기만 해대니까, 아이가 있는 주제에 가차 없다느니 하는 말도 들었거든. 닥쳐, 짜증 나, 하고 생각했다니까! 그런 거야."

"아우스톨은 너무 신경을 안 쓰는 게 아닐까요?"

"공주님도 그런 말을 하는 거야?!"

"……후훗."

두 사람의 대화를 듣고 있던 라필리아에게서 웃음소리가 새어 나왔고, 엘렌은 조금 안심했다.

"……자식 일, 신경 쓰거나 하지 않는 거야?"

라필리아의 질문에 아우스톨은 의외라는 얼굴을 했다.

"나 말이냐?"

"응."

"나보다 더 성가신 녀석이 있으니까, 이걸로 딱 좋다고 생각한달까? 공주님의 아버지와 막상막하일 만큼 성가시다고."

"아……."

"진짜라니깐. 나도 얼마 전에 알고 깜짝 놀랐다니까. 반 군의 아버지는 반 군을 「우리 반!」 하고 불러. 그리고 있지, 아우스톨을 얼마나 사랑하는지 몰라. 정말 대단해!"

"아아아, 공주님?! 잠깐, 그만둬!!"

당황한 아우스톨은 얼굴을 붉혔다. 부끄러워하는 아우스톨을 볼 수 있게 된 엘렌은 싱긋 미소 지었다.

"공주님, 그런 점은 로벨이랑 똑 닮았거든?!"

"헤헤헤."

흐뭇한 대화를 지켜보고 있던 라필리아에게서 「그렇구나……」 하는, 어딘가 포기한 듯한 분위기가 배어 나왔다.

"하고 싶은 말이 있다면 전부 쏟아부어. 혼자만 참아야 한다니 열받잖아?"

"어……?"

"그런 녀석은 말해줘도 모를 테니까, 뭐 쓸데없는 짓일지도 모르지만. 그래도 일단 말하고 나면 꽤 속이 시원해질 거야. 그쪽이 너한테는 중요할 테지."

싱긋 웃은 아우스톨을 보며 라필리아는 눈을 깜빡였다.

"그리고, 또 너를 울리거나 하면 내가 때려눕혀 줄 테니까, 이제 울지 마라."

대담하게 웃은 아우스톨은 이것 좀 보라며 근육을 자랑했다. 그 팔과 주먹에 맞으면 죽는 게 아닐까 생각한 순간, 라필리아는 자신의 마음이 가벼워졌다는 사실을 깨달았다.

"때릴 거라면, 나 직접 때릴 거야. 이래 봬도 훈련을 받고 있으니까. 자신 있어."

"오옷! 좋은데. 그 마음가짐이다!"

뭔가 흉흉해졌다며 당황하는 엘렌과 달리, 라필리아는 어딘가 개운한 얼굴을 하고 있었다.

"고마워."

라필리아의 눈가는 여전히 붉은 채였지만, 이야기하기 전의 우울함은 어딘가로 사라져버렸다.

걱정이 사라진 것은 아니지만, 마음 든든한 존재가 가까이에 있었다. 그것만으로도 라필리아는 기뻤다.

엘렌은 다시 라필리아를 끌어안았고, 그녀는 기뻐하며 엘렌의 등에 팔을 둘렀다.

제35화 작전

돌아온 반과 트루크가 가져온 정보를 정리해 남자들이 잠복한 곳을 대강 파악했다. 지금은 펠페드에서 대기하고 있는 자들이 잠복한 곳을 털고, 한꺼번에 포획할 계획을 세우는 중이었다.

마부와 카르만 이 자리에 없었다.

"펠페드에 잠복한 자들은 어떻게 유인하면 좋을까?"

모두가 골똘히 생각했고, 자연스레 아리아를 미끼로 쓸 수밖에 없다는 이야기가 되어갔다.

"우리의 존재를 눈치채면, 그 여자는 꽁꽁 숨어버릴 테지."

미끼 이전의 문제라고 로벨이 지긋지긋해하며 말했다. 여전히 고집스럽게 아리아의 이름을 입에 올리지 않는 것을 보면, 상당히 싫어하는 모양이었다.

"그럼 먼저 제프리 님이 있는 곳으로 가지. 어차피 밀랍 거래를 제안해야 하니까. 제프리 님에게 협력을 요청해서 보호를 부탁할 수도 있을 거다."

그렇게 이야기가 진행되는 중에 엘렌은 무언가 생각에 잠겨 있었다.

'어째서 헬그너의 남자들은 딱 한 번 목격된 검은 여자의 소문을 일부러 퍼뜨리고 있는 걸까……?'

이 한 부분이 도무지 이해되지 않았다.

'기사를 유인하는 함정이라고 해도, 자신들에게 나쁜 방향으로만 갈 텐데.'

나쁜 소문을 퍼뜨려 펠페드 백작을 곤란에 빠뜨려도 이득이 있을 것 같지 않았다. 안 좋은 소문이 돌면 돌수록 펠페드 백작은 규명할 필요가 생겨 확인에 나서리라.

펠페드 백작과 헬그너의 사이에 무언가 있을 가능성도 생각했지만, 양봉장 원조를 요청한 곳은 텐바르였다. 헬그너와 관계가 있다고 한다면 헬그너에 부탁했을 것이다.

'아니면 기사를 일부러 불러들여서 아리아 씨를 끌어내려는 건가……?'

굳이 아리아를 노리고 있다는 것은, 사전에 반크라이프트가의 사정을 상세하게 조사했다는 뜻임이 분명했다.

'……잠깐, 어쩌면 정말로 기사를 노리는 건가?'

"……그런고로, ……엘렌, 듣고 있니?"

"일이 잘못된 건지도 몰라요……."

"응? 무슨 말이지?"

"조금 전 마을에서 남자들이 저희의 얼굴을 봤나요?"

"엘렌 님의 얼굴은 못 봤을 겁니다. 아이가 있다고는 말했습니다만……. 아, 라필리아 님은 눈이 마주쳤지요?"

"아, 네. 절 보고 웃었어요."

포겔과 라필리아가 그런 일이 떠올리며 이야기를 나누자 엘렌은 창백해졌다.

"아냐…… 아리아 씨를 노리는 게 아니었어."

"엘렌, 왜 그러니?"

"라필리아예요. 아버지."

"뭐?"

"헬그너의 사람들은, 처음부터 라필리아를 노렸던 거예요."

"나, 나를……?"

엘렌의 말에 라필리아의 목소리가 떨렸다. 로벨이 한 호흡을 두고서 그 이유를 물었다.

"엘렌, 그 근거는?"

아리아의 소문을 듣고 납치하기 위해 움직이고 있다고 생각했었지만, 엘렌은 자신이 느낀 위화감을 이야기했다.

"분명 그렇지만……."

"헬그너의 사람들이 이용하기엔 아리아 씨는 아무래도 부족합니다. 노려야 할 것은 반크라이프트가의 사람. 숙부님이나 저희가 격노할 상대를 끌어내기 위해서, 아리아 씨는 처음부터 미끼였던 겁니다."

"설마!"

"아리아 씨만이 아닙니다. 라필리아에게는 조부모님도 인질이 될 수 있습니다. 왕도에서 기사를, 반크라이프트의 사람을 불러내려면 이곳의 능력으로는 대처할 수 없다고 판단하게 할 필요가 있습니다. 그렇다면 불가사의하고 불온한 소문 쪽이 효과적일 테죠. 그 방법으로, 관계가 가까운 아리아 씨가 선택된 겁니다."

"그렇다면 이미……."

"네. 아마도 아리아 씨는 잡혀 있을 가능성이 큽니다."

엘렌의 말에 주변 사람들은 숨을 삼켰다. 엘렌의 설명이 사실이라면, 한시를 다투는 사태다.

"그럼 어째서 접촉해 오지 않지? 거래 수단이 손 안에 있는데 말이야?"

"저희의 얼굴은 드러났다고 조금 전에 말씀하셨죠. 머리카락 색이 눈에 띄는 아버지가 목격되었다고 가정한다면 납득됩니다. 아버지가 몹시 싫어하는 사람이니, 거래 수단으로 삼은들 아버지가 상대해주지 않으리라고 생각했을 겁니다. 거래 상대로 삼는다면, 라필리아를 사랑하는 숙부님이겠죠."

"음…… 확실히 내 상대로는 부족하군."

생각에 잠긴 로벨은 문득 무언가를 깨달은 듯이 말했다.

"그러고 보니 절 찾아오기 전에 폐하가 헬그너의 정보를 갖고 있었다고 하셨죠. 전하, 어째서 그 여자를 먼저 없애지 않고 저희에게 가르쳐주신 겁니까?"

쌍둥이 여신의 분노를 사고 만 아리아는 쌍둥이 여신 신앙이 강한 교회에 들어가는 것조차 불가능하다.

세간에 이 사실이 알려지면 신의 분노를 산 자로 처형될 가능성이 높다.

사우벨과 로벨의 귀에 들어오기 전에 아리아를 처분해버리면, 이런 성가신 일은 피할 수 있었을 터다.

로벨의 질문에 가디엘이 답하기 전에, 라필리아가 끼어들었다.

"없애다니…… 무슨 뜻이야?"

"저기, 라필리아……."

일부러 라필리아에게는 말하지 않았건만, 로벨이 폭로해버리고 말았다.

"가장 간단한 방법은 검은 여자의 정체를 폭로하고, 헬그너에 빼앗기기 전에 비밀리에 제거하는 거였다."

"그런……."

더할 수 없이 눈을 부릅뜬 라필리아에게 가디엘은 담담하게 말했다.

"전쟁을 회피하기 위해 다소의 희생은 어쩔 수 없다. 그것이 우리의 선택이다."

"우선, 해야만 하는 것……."

"그래."

"…………."

가디엘은 모든 것을 받아낼 각오를 마친 눈을 하고 있었다. 이것이 왕족으로서의 책무라고 이야기하고 있었다. 라필리아의 각오와는 하늘과 땅 차이였다.

버거운 현실에 할 말을 잃은 라필리아에게 엘렌은 말할 수밖에 없었다.

"라필리아, 들어봐. 전하는 그 수단을 피하기 위해서 우리에게 검은 여자의 소문을 가르쳐준 거야."

"뭐……?"

"나는 전에 전하와 약속을 했어. 우리와 무리하게 얽히려 들지 말라고. 그 대신 이야기를 듣겠다고. 전하는 우리 가족을 구하기 위해서, 사실을 있는 그대로 이야기해줬어."

"…………."

"아리아 씨를 구하기 위해 이야기해준 거야. 라필리아, 제대로 봐. 우리는 아리아 씨를, 라필리아의 가족을 구하기 위해 지금 여기에 있는 거야."

라필리아는 엘렌의 말에 퍼뜩 놀라며 주변을 둘러보았다. 모두가 그녀를 보고 있었고, 가디엘을 비롯한 모두가 조용히 고개를 끄덕이고 있었다.

"구하기 위해……. 응. 고마워, 가디엘…… 전하."

"……그래."

라필리아는 잠시 동요했지만, 모두의 얼굴을 보고 진정한 모양이었다.

"이야기를 끊어서 죄송합니다."

그녀는 고개를 숙였다.

엘렌은 로벨을 한 번 노려보는 것을 잊지 않았다. 로벨은 당연한 말을 했을 뿐이라며 태연했다.

"나는 이렇게 생각해. 분명 그 방법은 간단하고 빠를 테지만…… 백성 한 명 구하지 못하면서 그러한 일을 말할 자격이 있는 것인가 하고."

"전하……."

라베 일행은 감격했다. 오랫동안 지켜봐 왔던 마음 착한 동생이 어른의 얼굴을 하고 있다. 가디엘의 성장을 가까이에서 볼 수 있어 아주 기쁜 모양이었다.

"얼마나 무른지는 알고 있어. 하지만 포기하지 않고 마지막까지 발버둥 치고 싶어. 부디 모두의 힘을 빌려줘."

"물론입니다."

호위들은 고개를 숙였고, 엘렌도 고개를 끄덕였다.

가디엘의 말로 조금 전과는 분위기가 완전히 바뀌어 주변이 의욕으로 넘쳤다. 단숨에 긴장감이 상승한 느낌이었다.

"그럼 계속하지."

가디엘이 엘렌을 재촉했다.

"남자의 목적은 반크라이프트도 그렇지만, 그보다는 텐바르크의 기사였을 거라고 추측했습니다."

반크라이프트령을 직접 노리지 않은 것은 영지 자체가 이미 강고한 요새나 다름없어졌기 때문이리라.

게다가 치료원도 명성이 높다. 사우벨에 대한 습격이 성공한다고 해도 살아날 것이 분명했다.

적을 좁은 곳으로 끌어들여 꼼짝하지 못하게 만든 후에, 조금씩 그리고 확실하게 친다. 그러한 수단을 취하려 한 것이 틀림없다.

"조사에 나섰던 기사가 잇따라 행방불명이 된다면, 이야기가 점점 위로 올라가 목적의 인물이 나설 가능성이 높아집니다."

"흐음."

"반크라이프트가에게 있어 검은 여자의 정체는 상상하기 어렵지 않습니다. 본인 확인을 위해…… 숙부님은 가까운 사람을 보내지 않을 수 없을 테죠. 자기 자신이나, 혹은 라필리아를."

거기까지 들은 가디엘들은 무거운 한숨을 내쉬었다.

"헬그너는 그렇게까지 전쟁을 하고 싶은 건가……."

이웃 나라인 헬그너와 텐바르는 본래 하나의 나라였다. 텐바르의 시조가 연을 끊은 상대다.

여신 신앙이 강한 세계에서 헬그너는 독특한 정령 신앙을 갖고 있었다. 시조가 연을 끊은 상대이기에, 두 나라는 사이가 매우 나빴다.

텐바르의 왕족이 정령에게 저주받았다는 사실이 발각되었을 때는, 하나의 나라였다는 점에서도 헬그너는 참을 수 없었으리라.

사실은 당시 물밑에서는 전쟁이 일어날 뻔했다고 한다. 그것이 표면적으로 드러나지 않았던 것은 오로지 로벨의 존재가 있었기 때문이었다.

텐바르 왕가는 정령에게 저주받았다 해도 대정령과 계약한 로벨이라는 존재가 있었다. 그것이 억지력이 되었다.

그렇기에 라비스엘은 로벨을, 반크라이프트가를 중요시했다.

그러나 반대로 생각하면, 로벨을 처리하면 상황은 단숨에 역전된다는 뜻이기도 했다. 반크라이프트의 약점이 될 여자와 아이를 노리는 비겁한 방식에 가디엘이 분개했다.

"이 무슨 비열한……. 절대로 용서해선 안 돼."

가디엘이 주먹을 움켜쥐며 말하자 모두가 고개를 끄덕였다.

"미끼라면 내가 할게."

"라필리아!"

엘렌이 라필리아의 앞으로 나서려 하는 것을 로벨이 끌어안아 제지했다. 어깨를 잡혀 더는 움직이지 못했다.

"안 돼, 절대 안 돼! 위험해!"

"엘렌, 고마워. 하지만 나, 이래 봬도 견습 기사야. 이 정도 일, 이제 와서 무서워하고 있을 수 없어."

"라필리아…… 그럼 나도 같이할래!"

전이로 바로 도망칠 수 있어! 라고 엘렌이 말했지만, 곧바로 모두가 안 된다고 부정했다.

"엘렌은 지나치게 눈에 띄어. 오히려 이런 애가 혼자 있고 하는 게 부자연스럽잖아?"

"우으으…… 하지만!"

라필리아의 지적에 반론할 수 없었다. 그런 것보다도 로벨이 가만히 있지 않을 것이다.

게다가 엘렌을 미끼로 삼으면 오히려 남자들을 경계심을 자극할 뿐이다.

"나를 노린다는 건 엄마만이 아니라 아빠도 노리고 있다는 거겠죠. 그런 짓 절대로 그런 못 하게 할 거야."

라필리아에게서 살기가 뿜어져 나왔다. 모두가 눈을 크게 떴다.

라필리아는 결의하며 웃고 있었던 것이다.

"……틀림없는 반크라이프트가의 사람이군."

쓴웃음을 지은 가디엘은 라필리아의 이명이 생겨날 것만 같은 느낌이 든다는 무서운 말을 덧붙였다.

"엘렌, 라필리아를 믿어보자."

"전하……."

"고마워, 가디스."

"……알았어. 위험해지면 바로 구해줄게! 절대 무리하면 안 돼!"

"응. 맡겨둬!"

"그럼 펠페드에 도착하는 대로 영주가 있는 곳으로 간다. 그 사이에 카르 일행에게는 정보 수집을 부탁하고 싶다. 로벨 님, 그 부분의 지휘를 부탁해도 되겠나?"

"좋습니다."

"전하, 인질을 방패로 삼을 경우에는 어떻게 하시겠습니까?"

포겔의 말에 로벨이 「할 수 없군」 하고 중얼거렸다.

"제가 결계를 펴죠. 주저하지 말고 날뛰도록."

별문제 아니라며 바로 해결책을 제시하자, 가디엘은 기뻐했다.

"반크라이프트가의 힘을 빌릴 수 있다는 사실이 이렇게나 든든할 줄이야. 고맙다. 그럼 모두, 부탁한다!"

"네!"

가디엘의 말에 모두가 고개를 끄덕였다.

제36화 펠페드령

펠페드는 작은 마을로, 조용하고 한가롭다는 말이 어울렸다. 노점에 진열된 것은 선명한 색의 과일. 벌꿀과 함께 푹 끓인 잼이 담긴 병 등도 놓여 있는 것이 특히 시선을 끌었다.

엘렌은 일이 전부 끝나면 선물을 사서 돌아가고 싶다고 마음속으로 생각했다.

숯을 파는 가게도 많았다. 숲에 둘러싸여 있으니 그것들을 취급하는 가게가 많으리라.

엘렌 일행이 탄 마차는 크기도 한몫하여 신기했는지, 큰 주목을 받았다.

"눈에 띄지 않는 마차를 준비했다고 생각했는데, 여기서는 안 좋은 의미로 눈에 띄고 있군. 서둘러 행동하는 게 좋겠어."

로벨의 말에 모두가 고개를 끄덕였다. 이번만큼은 반크라이프트가 지나치게 발전한 것이 독이 되었다. 지방에서는 커다란 마차조차도 매우 드물었던 것이다.

"숙소에 마차를 맡긴 다음 영주가 있는 곳으로 간다. 그럼 로벨님, 뒤를 잘 부탁한다."

"알겠습니다."

가디엘의 말에 로벨이 고개를 끄덕였다. 가디엘과 로벨 둘로 나뉘어, 먼저 가디엘과 호위들이 펠페드 백작에게 향했다.

"반, 카르, 준비는 됐나?"

"네."

"됐습니다!"

반과 카르는 정해진 대로 정령과 협력하여 정보를 모았다. 집중하기 위해 각기 다른 곳으로 이동하는 그들을 배웅하고, 로벨은 카이와 라필리아를 향해 섰다.

"라필리아와 아우스톨은 함께 행동해줘. 아, 아우스톨은 모습을 감추고. 네 모습은 너무 눈에 띄니까."

"할 수 없지."

그렇게 말한 아우스톨은 모습을 감추었다.

"엘렌, 반과 카르가 모아온 정보를 염화로 내게 가르쳐주겠니?"

"네."

"카이는 엘렌의 호위다. 알고 있겠지?"

"물론입니다."

절대로 엘렌에게서 눈을 떼지 말라는 로벨의 무언의 압박에 카이가 고개를 끄덕였다.

"전하가 펠페드 백작을 데려오기 전에 정리해버린다. 라필리아, 준비는 됐겠지?"

"맡겨둬."

냉큼 끝내고 돌아가자고, 로벨이 말했다.

*

말에 오른 라필리아는 혼자서 양봉장으로 향했다.

그러자 갑자기 무언가가 눈앞을 지나갔다. 라필리아의 동체 시력이 그것을 포착했고, 바로 고삐를 잡았다. 말이 놀라며 울음소리를 냈다.

멈춘 말 앞으로 남자가 둘 나섰다. 무성한 나무들 뒤에 숨어 있었던 것이리라. 대낮에 얼굴을 가린 남자들은 무척이나 눈에 띄었지만, 어두컴컴한 숲속에서는 그것도 반감되었다.

마을에서 떨어진 곳에 있는 양봉장이라는 장소는 그들에게 있어 매우 유리했다.

"……당신들, 누구야?"

라필리아는 전혀 겁을 내지 않았다. 입가를 천으로 가리고 있는 남자가 분명치 않은 목소리로 「라필리아 반크라이프트 맞나?」 하고 물었다.

"그렇다면 어쩔 테지?"

"함께 가줘야겠다."

"거절하면?"

"네 어머니가 죽을 뿐이지."

"……알았어."

라필리아가 말에서 내리자 남자는 바로 라필리아의 손을 뒤로 묶어 구속했다. 또 한 사람이 말의 고삐를 잡아당겼다.

"다른 자들은 어디 있지?"

"영주님한테 용건이 있어서 갔어. 나는 아는 사람 집이 근처에 있어서 따로 행동하는 걸 허락받고 인사를 하러 가던 참이었고."

"너를 혼자 행동하게 하는 건가?"

"그래. 우리 엄마는 모두에게 미움을 받고 있으니까 어쩔 수 없지."

"…………뭐 됐다. 간다."

남자들은 서로 눈짓을 주고받더니 라필리아와 말을 빠르게 끌고 갔다.

숲을 빠져나간 곳, 탁 트인 곳에 세워진 집 앞까지 다다르자 파수꾼으로 보이는 남자가 있었다.

그들은 라필리아의 어깨를 밀어 집 안으로 유도했다. 집 안은 깜깜했고, 겨울이라고는 해도 이상하리만치 추웠다.

밖에 한 사람, 집 안에 두 사람. 라필리아는 빠르게 집 안을 확인했다. 어두컴컴한 방 한쪽 구석, 몸을 서로 기대며 두려움에 떨고 있는 네 사람의 그림자가 보였다.

"감동의 재회로군."

남자가 웃었다. 그 목소리에 고개를 든 한 사람이 라필리아의 모습을 보고 놀랐다.

"라, 라필리아니……?"

망연자실한 목소리는 할머니의 것이었다. 앉은 상태로 벽에 기대어, 팔다리를 축 늘어뜨린 체격 좋은 남자가 천천히 고개를 들더니 라필리아를 보고 소리쳤다.

“어째서 여기에……?! 도, 도망쳐……!”

할아버지의 목소리였다. 몸을 움직이려 한 것인지 신음이 터져 나왔다. 아픔에 이를 악문 할아버지의 얼굴은 폭행당해 멍이 들었고, 여기저기가 부어 있었다.

“…………”

그 옆에 또 한 사람, 고개를 숙인 채 움직이지 않는 인물을 감싸듯이 있던 검은 그림자. 라필리아를 보고서 말을 잃었던 「그 존재」는 울음 섞인 목소리로 중얼거렸다.

“그런…… 라필리아까지…….”

절망에 힘이 빠진 목소리는 아리아의 것이었다. 아리아 옆에 쓰러져 있는 인물은 체격으로 남자라는 것을 알 수 있었지만, 꼼짝도 하지 않았다.

남자들에게 심하게 당한 것인지, 아니면 죽은 것인지 판단이 서지 않았다. 이 인물은 아리아의 사촌인 트리스탄일까?

“그래서?”

라필리아는 태연하게 남자들을 향해 돌아섰다. 그런 라필리아의 모습에 남자들 사이에서 의아해하는 기색이 전해졌다.

“너, 가족이 고통스러워하는데도 동요하지 않는 건가?”

“이 사람들은 나를 버린 거나 마찬가지야. 자기들만 생각하며 말도 없이 도망친 사람들이니까, 어쩔 수 없지.”

라필리아의 말에 충격을 받았는지, 할머니가 울음을 터뜨렸다. 정적에 감싸인 실내에 훌쩍이는 소리가 울려 퍼졌다.

"하핫, 그럼 어째서 여기까지 온 거지?"

"충고하러 왔어. 왕가가 이곳 영주와 거래를 시작하려다가 이 사람들이 있다는 걸 알았거든. 그래서 충고를 하는 역할로 불려 오게 된 거야. 정말 민폐라니까."

"…………."

라필리아가 말하는 내용의 진위를 확인하려는 듯이 남자들이 노려보았지만, 사전에 조사한 정보와 일치하는지 「뭐 됐어」라며 흘려 넘겼다.

"용건이 있는 건 너니까 말이야."

"뭐? 어째서 나한테?"

"네가 있으면 사우벨 반크라이프트가 나설 테지?"

히쭉이는 남자의 말에 라필리아는 웃었다.

"뭐가 웃기지?"

"우습네. 내 상대로 둘? 장난쳐? 그리고, 아빠는 나서지 않아."

"뭐……?"

"얕봤구나. 나, 이래 보여도 장래가 유망하거든?"

뚝 하고 무언가가 끊기는 소리가 들렸다. 묶여 있었을 터인 라필리아의 팔이 어느새가 자유롭게 풀려 있었다. 어두컴컴한 방 안에서 휙 사라진 라필리아의 모습에 당황한 남자들이 주변을 둘러보았다.

아래에서 턱을 노린 구두의 밑창이 닿는 느낌. 충격에 뒤로 넘어간 남자의 몸은 힘을 잃고 그대로 풀썩 쓰러졌다.

갑자기 쓰러진 동료의 모습에 또 한 명의 남자가 허둥지둥 전투

태세에 들어갔다.

"느려."

웃으며 라필리아는 남자에게 다리후리기를 걸었다. 당황한 남자가 손을 짚고 자세를 바로잡으려 했지만, 라필리아는 그것을 예측하고 다리후리기를 한 자세 그대로 뛰어 돌려차기를 했다.

"크윽……."

남자가 허둥지둥 주먹을 내질렀지만, 라필리아는 재주 좋게 흘려 넘겼다. 그리고 남자의 팔 관절을 굳히고 빠져나가 아래에서 남자의 턱을 차올렸다.

"크악!"

그 일방적인 전개를 아리아 일행이 멍하니 바라보고 있었다. 그리고 갑자기 이 자리에 없었던 자의 목소리가 들렸다.

"지나치게 하다 죽이진 마라."

"괜찮아요. 큰아버지. 최선을 다해서 적당히 했어요."

아리아는 남자의 목소리를 기억하고 있었다. 퍼뜩 목소리가 들린 쪽을 돌아보았다. 반짝반짝 빛나는 은색 머리카락의 남자와 눈이 마주친 순간, 아리아는 날카로운 비명을 질렀다.

로벨은 변함없이 차가운 표정으로 아리아를 바라보다 금세 흥미를 잃은 듯 라필리아를 향해 섰다.

"흐음. 밖에 있는 놈도 잡은 모양이군. 먼저 나가 있으마."

"네."

엘렌에게 염화로 연락을 받은 로벨은 전이해서 밖으로 나갔다.

엘렌은 반과 함께 남자들을 모조리 찾아내서 구속하고 오두막 밖에 던져두었다.

조금 전까지 없었던 식물을 관장하는 프랑과 오푸스트가 남자들을 구속하는 역할로 불려와 있었다.

정령을 험하게 부린다며 투덜거렸지만, 엘렌이 과자를 건네자 바로 기분이 나아졌다.

"꽤 많군. 이걸로 전부인가?"

"으음. 그걸 어떻게 확인하죠……?"

물어보려 해도 지금은 자해하지 못하도록 덩굴로 재갈을 물려놓은 상태였다. 뭔가 방법이 없을까 싶어 엘렌은 생각에 잠겼고, 미처 생각하지 못했던 인물을 떠올리고서는 「앗」 하고 소리를 질렀다.

"엘렌?"

"적임자가 있었어요. 잠깐 부탁하고 올게요!"

그렇게 말한 엘렌이 전이해 간 곳은 반크라이프트의 진료소. 갑자기 나타난 엘렌의 모습에 진료소의 입구에 있던 사람들은 놀라 소리를 질렀다.

"트루 있나요?"

엘렌이 부르자 트루가 모습을 드러냈다. 그 정령을 본 순간 입구는 공포로 가득한 비명에 휩싸였다.

"아, 다들 미안해요! 괜찮아요!"

『공주님?』

"트루, 좀 도와줬으면 하는데. 같이 가줄래?"

『분부대로.』
엘렌은 트루의 손을 잡고 로벨이 있는 곳으로 돌아갔다.

트루를 데리고 돌아온 순간 엘렌은 라필리아가 피투성이가 된 남자를 질질 끌고 나와 밖으로 내던지는 장면을 마주하게 되었다.
"꺅!"
흠씬 두들겨 맞은 남자의 모습에 엘렌이 놀라자 라필리아가 「아, 미안」 하고 사과했다.
"어? 어?"
"엘렌이 놀라는 것도 무리는 아니지. 이 녀석은 정말로 맹수야."
"네?"
"큰아버지, 정말 실례네요! 확실하게 힘 조절은 했어요!"
"저도 로벨 님에게 동의합니다. 엘렌 님이 보고 있지 않은 걸 기회 삼아 하고 싶은 대로 마음껏……."
"너도 두들겨 맞고 싶은 거야?"
"사양하겠습니다."
라필리아 일행이 무사하다면 상관없지만, 엘렌은 피를 싫어했다. 차마 보고 있을 수 없어 시선을 돌렸다.
"저도 놀랐습니다……."
반까지 라필리아에게 질린 모양이었다. 그녀에게는 로벨이 붙어 있었을 터였는데, 잠시 트루를 데리러 간 사이에 무언가 있었던 것일까?

엘렌이 눈을 깜빡이고 있자 트루의 존재를 눈치챈 로벨이 과연, 하고 말을 꺼냈다.

"트루, 잠시 괜찮겠나? 이 녀석들의 동료가 몇 명 있는지 봐줬으면 한다."

『분부대로.』

트루는 빙글 고개를 움직여 남자들 앞으로 얼굴을 가져갔다. 트루의 목이 움직이는 모습을 눈앞에서 본 남자는 억눌린 비명을 질렀다.

『열하나.』

트루의 목소리에 로벨은 미간에 주름을 잡았다.

"많은데…… 가까운 마을에 셋, 오두막에 둘, 밖에 다섯…… 한 명이 부족해."

잔당이 어디에 있을지 엘렌은 사고를 회전시켰다.

'나머지 한 사람…… 반 군 일행이 찾아내지 못했다는 건 건물 안에 있나?'

"트루, 남은 한 사람이 있는 곳을 알아봐 주겠어?"

『분부대로.』

트루가 다시 한번 마음을 읽으려 했을 때, 멀리에서 여러 마리의 말이 달리는 소리가 들려왔다.

말 울음소리와 함께 허둥지둥 남자가 멈추었다. 말에서 내려 주변을 둘러보고, 묶여 있는 남자들을 찬찬히 살폈다.

"이, 이건 대체……?!"

그렇게 외친 것은 30대의 낯선 남성. 기품 있는 그 태도를 보아, 이 사람이 영주라 판단했다.

함께 돌아온 가디엘 일행은 벌써 잡은 것이냐며 놀랐다.

영주의 호위로서 따라온 것으로 보이는 남성 둘을 보고 엘렌은 눈을 부릅떴다.

"아버지! 잔당은 영주님 옆에 있습니다!"

엘렌의 외침에 영주가 눈을 동그랗게 떴다.

"뭐……?"

『왼쪽.』

트루는 그렇게 말하더니 등에서 뻗은 나무 같은 뼈로 왼쪽 남자를 가리켰다. 영주는 어째선지 한기를 느꼈다. 눈앞에 있는 신기한 것이 가리키는 방향으로, 영주가 천천히 고개를 돌렸다.

"쳇."

혀를 차는 소리가 영주의 바로 오른쪽에서 들려왔다. 영주의 눈앞을 바람처럼 스쳐 지나간 남자는 그 앞에 있던 라필리아를 향해서 일직선으로 무언가를 내찔렀다.

"라필리아—!!"

"어?"

엘렌의 비명에 라필리아도 눈치챘다. 하지만 눈치채는 것이 조금 늦었다.

남자의 칼이 눈앞으로 닥쳐드는 것을 깨달은 순간, 그 목소리가 들렸다.

"내 눈앞에서 아가씨를 노리다니 배짱 좋군."

모습을 드러낸 아우스톨이 나이프를 든 남자를 차올렸다.

"크헉."

포물선을 그린 남자는 공중에서 자세를 바로잡고 빙글 회전해 척 착지했다.

하지만 포기하지 않고 또다시 달려들었다. 그 앞에는 아우스톨이 있었고, 싱글벙글 웃으며 주먹을 쥐고 손가락을 뚜둑뚜둑 울렸다.

그러나 그런 아우스톨과 남자 앞을 검은 무언가가 벽이 되어 막아섰다.

"라필리아한테 접근하지 마—!"

이번에는 카르의 목소리였다. 붕붕붕붕붕 하는 대량의 벌레 날갯소리는 검은 벽에서 들려왔다.

"큭, 젠장, 벌인가?!"

남자는 놀라며 얼굴 주변을 이리저리 날아다니는 벌을 쫓으려 했지만, 전혀 떨어지지 않았다.

떨어지기는커녕 여기저기를 쏘였는지 남자가 비명을 질렀다.

"카르, 고마워! 벌레들을 물려줘!"

"어? 뭐?"

"오오?"

아우스톨과 카르가 눈을 깜빡였다. 허둥지둥 카르가 남자에게서 벌들을 물리자, 휙 하고 검은 것이 흩어졌다. 그것을 가늠해 절묘한 타이밍에 라필리아가 뛰쳐나갔다.

"잘도 내 가족을 노렸겠다!"

남자의 눈앞으로 달려들던 라필리아의 모습이 사라지더니, 어느새가 남자의 머리 위에서 그녀의 목소리가 들렸다. 타악 하고 가볍게 땅을 차고, 라필리아는 위로 뛰어올랐던 것이다.

그녀는 그대로 공중에서 빙글 회전하더니, 남자의 머리 위로 무거운 발꿈치 찍기를 한 방 먹였다. 기분 나쁜 소리와 함께 남자가 거품을 뿜으며 쓰러졌다.

"……이래서 맹수는."

로벨이 어처구니없다는 듯이 어깨를 으쓱였다.

소리도 없이 깔끔하게 착지한 라필리아는 카르와 아우스톨 쪽을 보며 미소 지었다.

"고마워. 두 사람 다!"

"어, 어어."

"뭐야. 나 필요 없었잖아."

아우스톨은 조금 복잡한 얼굴을 했고, 카르는 한 손을 들어서 답을 하고 있었다.

다만, 무사하지 못했던 것은 엘렌이었다.

"……엘렌?"

라필리아가 공격당한 순간을 눈앞에서 본 엘렌은 심장 언저리가 꽉 옥죄이는 느낌이 들었다.

충격으로 꺽꺽거리며 엘렌이 호흡 곤란에 빠진 것을 눈치챈 라필리아는 다급하게 그녀를 끌어안고 등을 쓸어주었다.

로벨도 카이도, 모두가 놀라서 엘렌의 주변으로 모여들었다.

"엘렌, 엘렌, 괜찮으니까 천천히 숨 쉬어."

"헉…… 허억…… 헉……."

엘렌은 라필리아에게 매달리며 천천히 그녀를 올려다보았다.

이쪽을 걱정하는 라필리아를 본 순간 엘렌의 눈동자에 글썽 눈물이 고였다.

라필리아는 엘렌의 등을 쓸며 다정하게 말을 걸었다.

"괜찮아, 아무 일 없어. 엘렌. 다 끝났어."

"라, 라필리, 아……."

충격에 빠져 떨고 있는 엘렌을 로벨이 데려가려 했지만, 그녀는 라필리아의 옷을 움켜쥐고 떨어지지 않았다.

"괘, 괜찮, 아……?"

"괜찮아. 괜찮아. 상처 하나 없어."

"없어……? 상처, 없어……?"

엘렌은 몸을 떨면서 라필리아를 보며 뚝뚝 눈물을 흘렸다. 몇 번이고 몇 번이고 그녀가 무사한지 확인했다.

"다행…… 다행이야……!"

둑이 터진 것처럼 엘렌이 엉엉 울음을 터뜨렸다. 라필리아에게 매달린 채 떨어지려 하지 않는 엘렌의 모습에 라필리아는 놀랐지만, 점점 쑥스럽고 부끄러운 표정이 되어갔다.

"고마워, 엘렌……."

라필리아는 보물을 지키듯이 엘렌을 꼭 끌어안았다.

제37화 재회

로벨과 반이 남자들을 전이시켜 사우벨에게 보내면서 상황은 일단락되었다.

가디엘은 제프리와 밀랍 거래를 맺고, 엘렌 일행은 대정령을 불러 트리스탄과 라필리아의 조부를 치료하느라 정신이 없었다.

펠페드의 치료원으로 옮겨진 트리스탄은 겨우 목숨을 건졌고, 침대에 누워 잠들었다.

그 옆에서 고개를 숙이고 있는 것은 아리아였다. 그녀는 온몸을 흰 천으로 덮은 수녀 같은 차림을 하고 있었다. 아리아는 트리스탄의 옆에서 줄곧 떨어지지 않고 간호했다.

사람을 전부 물린 그곳에 라필리아가 들어가자 고개를 든 아리아가 거북한 표정을 지었다.

온몸이 검은 여자라는 소문이 돌고 있지만, 얼굴은 예전의 기억과 똑같이 평범했다. 다만 라필리아의 기억보다도 여위고 수척해진 얼굴이었다.

"……이 사람, 어째서 이렇게 당한 거야?"

라필리아의 질문에 아리아가 메마른 목소리로 말했다.

"나를…… 감쌌어……."

"흐응."

차가운 라필리아의 목소리에 아리아는 떨었다. 그녀를 두고 떠난 것에 마음의 빚을 느끼는지 아리아의 손은 부들부들 떨리고 있었다.

"그래서? 다음은 이 사람이야?"

라필리아의 말에 아리아는 상처 입은 표정을 하고서 고개를 들었다. 그러나 그녀가 본 라필리아는 아리아를 노려보고 있었다.

충격을 받은 얼굴을 라필리아의 시선에서 도망치듯 숙였다.

"아냐. ……아니야. 나는 가까이하지 않을 거야."

"글쎄? 어떨까?"

코웃음을 치는 라필리아의 태도에 아리아는 울 것 같은 얼굴을 했다.

"어째서 당신이 상처 입은 얼굴을 하는 거야? 나를 버린 주제에."

"버, 버리지 않았어……!"

고개를 저으며 부정하는 아리아에게 라필리아는 코웃음을 쳤다.

"소문이 퍼져서, 반크라이프트에 있기 어렵게 됐던 거잖아?"

"……읏! 아, 아니야…… 남자가…… 날뛰어서……."

"소문으로 진상을 안 당신의 옛 남자가 가게에서 날뛴 거 아냐?"

"…………."

아리아에게 집착했던 남자는 이자벨라와 사우벨이 잡았을 터였다. 그렇다면, 속았던 남자의 가족일까?

그렇게나 엉망이 된 가게를 보고 아리아 일행을 걱정했었다. 하지만 생각해보면 라필리아와 연락할 방법은 얼마든지 있었을 것이다.

그런데도 전혀 하지 않고, 뻔뻔하게 조부모에게 보호를 받으며 이런 곳에 가만히 숨어 살았다.

"자업자득이잖아? 당신도…… 나도."

"…………그러게."

무거운 공기가 주변을 가득 채웠다. 그러나 말하지 않으면 안 되는 것이 있다. 그것을 위해 여기에 왔다.

"아까 그 자리에서 말했던 충고라는 건 정말이야. 앞으로 당신이 있는 양봉장에서는 왕가와의 거래가 시작돼. 혹여 말도 안 되는 조건을 걸거나 하면 왕가에서 제재가 내려질 테니까 조심하도록 해."

"…………."

"무슨 일이 있어도 왕가와 귀족은 당신을 도와주지 않아. 하지만, 엘렌이 손을 대지 말라고 말해줬어."

"엘렌……?"

"당신을 단죄한 여자아이."

"히익!!"

당시의 기억을 떠올린 것인지, 아리아가 새된 비명을 질렀다.

거기에 짜증을 느낀 라필리아는 감정을 억누를 수 없게 되었다.

"그 아이에게 겁먹을 필요가 어디에 있는데? 당신, 엘렌에게 몇 번이나 목숨을 구해졌다는 자각은 있어? 그 단죄를 받았을 때도 충고 받았잖아? 이혼할 때도 엘렌은 당신의 목숨을 거두지 않았어. 그리고 이번에도!"

"그런……."

"당신도 나도 제 할 말만 하고 남의 말을 듣지 않았어. 그래서 일이 이렇게 되어버린 거야. 그래도 엘렌은 당신을 구했어. 아무리 심한 짓을 당했어도, 그 아이는 마지막까지 너무나 다정해서 못 본 척하지 않아. 나도…… 그렇게나 엘렌을 눈엣가시로 여겼는데, 이렇게 도움을 받을 거라고는 생각도 못 했어…….”

무엇보다 아리아의 얼굴만은 새까맣지 않다는 점이 엘렌의 자비라는 사실을 지금은 알 수 있었다.

그야말로 온몸에 빠짐없이, 엘렌은 아리아를 새까맣게 물들일 수도 있었을 것이다. 그러지 않았던 것은 아리아를 보고 기피한 사람들에게 살해당하는 것을 막기 위해서였다.

라필리아가 그 사실을 알려주자 아리아는 믿을 수 없다는 듯이 눈을 크게 부릅떴다.

“적반하장으로 그 애를 원망한다면, 이번에는 내가 당신에게 제재를 가할 거야.”

“라필리아…….”

결의를 담은 눈으로 노려보는 자신의 딸을 보고서 아리아는 겨우 납득했다. 딸의 손을 놓은 것은, 다름 아닌 자신이었다.

“아버지와 어머니한테 못 할 짓을 했어…….”

“뭐? 갑자기 무슨 소리야?”

“이렇게 되어버린 나를, 아버지…… 네 할아버지와 할머니는 외면하지 않았어……. 나를 숨기고, 도망쳐주셨지.”

“…………”

“이렇게 됐어도, 나는 딸이라고……. 그 말을 듣고, 나는 믿을 수

없었어."

"할아버지와 할머니의 다정함에 어리광부렸을 뿐이잖아."

"그래…… 맞아. 나는 자신만 생각했어……. 라필리아를 딸로 보지 않았던 걸 깨달았어."

"그래. 나는 당신의 소유물이었던 모양이니까."

"…………할아버지와 할머니는, 라필리아를 줄곧 걱정했어. 하지만, 그 사람 옆에 있는 편이 행복할 거라며…… 우리를 잊는 편이, 라필리아는 행복할 거라고……."

"……그래."

"그러니까 내가 아니라, 할아버지와 할머니께는 마음 써주렴."

"애초에 어째서 내가 당신들을 신경 쓸 필요가 있는데? 나보다 당신을 선택하고 도망친 사람들한테, 내가 줄 정 같은 건 눈곱만큼도 없어."

"그래…… 그렇겠지……."

무슨 말을 해도 무리라고 여겼는지, 아리아의 목소리가 작아졌다.

라필리아를 보려고도 않는 아리아의 태도에 라필리아는 점점 억누를 수 없게 된 혐오감을 폭발시켰다.

"당신은, 이제 변명도 하지 않는구나."

"……해도 돼?"

"……음. 안 돼, 역시 무리. 듣고 싶지 않아. 그게 당신, 이렇게나 폐를 끼쳐놓고 절대로 사과하지 않는걸."

이 이상 함께 있다가 손을 댈지도 모른다고 판단한 라필리아는 서둘러 떠나기로 했다. 이제 두 번 다시 만나는 일은 없다.

용건은 끝났다는 듯이 라필리아는 등을 돌리고 나가려 했다.

그녀가 떠나려는 것을 눈치챈 아리아는 눈물을 흘렸다.

"라필리아, 나의 라필리아!"

"나는 당신의 소유물이 아냐!!"

돌아보며 라필리아는 소리쳤다.

"나는 라필리아. 라필리아 반크라이프트. 당신 게 아냐. 두 번 다시 이름을 부르지 마!!"

그렇게 내뱉고 그녀는 밖으로 나갔다. 등 뒤에서 아리아의 비통한 울음소리가 들려와도, 라필리아는 두 번 다시 돌아보지 않았다.

제38화 이별

반크라이프트로 돌아가는 길, 이번에는 마차를 천천히 몰고 있었다. 처음에는 모두 지친 듯이 잠들었지만, 이틀째부터 느긋하고 여유로워졌다. 사흘째인 오늘은 또 꼬치구이 파티를 하자! 라는 엘렌의 말에 정령들이 눈을 빛냈다.

"반 군 네들, 이번에도 잔뜩 사냥해 올 것 같아……."

"돌아가면 이 멤버로는 할 수 없게 되니까, 괜찮지 않을까? 가디스도 편하게 지낼 수 없게 될 테고."

"아아, 그러네. 돌아가면 바빠지겠지."

이 건으로 단숨에 가까워진 모두는 편안하게 대화를 나누었다. 가디엘은 엘렌과 거래를 할 수 있게 되었다며 흥분했다.

"전하, 밀랍 잘 부탁드립니다. 지지 않을 거예요!"

"……협력이 아니라 승부인 건가?"

복잡해 보이는 가디엘은 그 외에도 납득되지 않는 일이 있다며 엘렌을 향해 섰다.

"마지막까지 내 이름을 불러주지 않는군."

"네? 전하?"

로벨이 불온한 공기를 눈치채고 무서운 얼굴로 가디엘을 노려보았다. 그 시선에 라베 일동이 「앗」 하고 소리를 지를 뻔했다.

가디엘은 로벨의 시선을 눈치채지 못한 채 그대로 말했다.

“그러니까, 가디엘이라고 부르라는 말까지는 하지 않을게. 가디스야. 가디스라고 불러줘.”

“전하.”

“으으음…….”

엘렌의 빈틈없는 대응에 만족했는지, 표정이 부드럽게 풀어진 로벨은 엘렌의 머리를 쓰다듬었다.

“둔해서 다행이야.”

“아버지, 또 흉을 보는 건가요?”

“이대로 있어주렴.”

“흉보는 거죠?!”

그런 아빠와 딸의 대화로 발전했고, 가디엘의 존재는 순식간에 싹 지워지고 말았다.

“으음, 만만치 않네요.”

“시끄러워.”

라베의 말에 가디엘은 부루퉁한 얼굴을 했다.

*

야영 지점에 도착해 제각기 준비를 하는 사이 엘렌이 라필리아에게 말을 걸었다.

“먼저 잘라줄래? 나 채소를 씻어 올게!”

"응? 씻는 거라면…… 라필리아?"

라필리아는 엘렌 쪽을 돌아보지 않은 채, 혼자 강 쪽을 향해 갔다.

엘렌은 라필리아에게 말을 걸지 못했다. 그녀의 뒷모습이 혼자 있고 싶다고 말하고 있었기 때문이었다.

"……라필리아."

걱정하는 기색이 담긴 엘렌의 목소리를 들은 카르가 그녀의 시선 끝을 보았다.

"…………."

"괜찮아."

카르는 엘렌의 어깨를 두드리며 웃어주었다.

라필리아는 혼자서 차가운 강물에 감자를 씻고 있었다. 그 손놀림은 느릿하기만 했다.

걱정을 끼치기 싫어서 혼자 있고 싶었다. 이유를 대고 거리를 두었지만, 엘렌은 눈치챘으리라.

코끝이 찡했다. 귀에서 떨어지지 않는 아리아의 울음소리. 앙상하고 약해진 엄마의 모습이 눈에 새겨져 지워지지 않았다.

충격받은 것은 사실이었다. 자신을 버린 어머니를 미워한 것도 사실이었다.

하지만, 사실은 줄곧 걱정했다.

"……훌쩍."

코를 훌쩍이며 손을 움직이고 있으려니 머리 위에 바구니가 올려졌다.

"……뭐 하는 거야?"

"씻는 거야 우는 거야? 어느 쪽이냐? 네 얼굴도 씻고 있는 거냐?"

"시끄러워……."

"도와줄게. 이러다가 해 다 지겠다."

카르가 옆에 앉아 라필리아가 들고 왔던 바구니에서 감자를 가져갔다.

벅벅 감자를 씻는 소리만이 한동안 들려왔다. 그러나 이대로는 혼자가 될 수 없다며 라필리아는 입을 열었다.

"…………저리 가. 분위기 좀 읽어. 멍청이 카르."

"뭐라고?! 걱정하는 거잖아!"

"쓸데없는 참견이야!!"

평소와 다름없는 대화. 그것이 지금은 힘들었다.

"시끄러워! 평소의 너랑 다르잖아! 이상하다고!!"

일어서며 소리친 카르에게 지지 않겠다는 듯이 라필리아도 일어서 마주 소리를 질렀다.

"나도 울 때는 운다고!!"

그렇게 소리치는 동시에 둑이 터친 것처럼 눈물이 터져 나왔다. 참아왔던 것이 계속해서 넘쳐흘렀다.

줄곧 참아오며 걱정을 끼치지 않으려 했던 것이 무의미해졌다.

"으, 흑……."

"목소리 눌러 삼키면서 울지 마……."

카르가 라필리아의 머리를 끌어당겨 자신의 가슴에 그녀의 고개를 묻게 했다. 감자가 손에서 빠져나와 물속으로 첨벙 소리를 내며 떨어졌다.

"뭐…… 하는, 거야……."

"시끄러워. 잠자코 울어."

"아까랑…… 말이 전혀 다르잖아……."

태연하게 대꾸하고 싶은데 입술이 떨려 잘 되질 않았다. 울컥 치미는 것을 눌러 삼키려 했지만, 그걸 눈치챈 카르는 마치 주변의 시선에서 라필리아를 감추듯 그녀의 머리를 감쌌다.

"시끄러워."

귓가에서 자그맣게 들려오는 카르의 목소리.

"우으…… 멍청이 카르."

"너 진짜 기가 안 죽는구나."

그렇게 말하면서도 카르의 목소리는 다정함으로 가득했다.

라필리아는 그의 옷을 붙들고 꼭 움켜쥐었다.

"……이제, 두 번 다시…… 엄마를 만나지 못할 거야……."

"응……."

"할아버지도…… 할머니도 못 만나……."

"응."

"내가…… 내가 반크라이프트라서…… 또, 노려질 테니까…… 흑."

"그렇구나……. 힘들겠다……."

끌어안은 라필리아의 머리가 끄덕하고 움직였다. 카르의 가슴께가 그녀의 눈물로 젖어갔다.

라필리아는 아리아에게 차갑게 대했지만, 그래야만 했다.

이제 두 번 다시 누군가가 목숨을 노리는 일이 없도록, 적이 접근해 오는 일이 없도록, 절연을 선언한 것이다.

"엄마…… 엄마아……."

비통하게 소리 내 우는 라필리아를 카르는 가만히 끌어안았다.

제39화 밀랍

반크라이프트로 돌아온 후 엘렌 일행은 다시 정신없이 바빠졌다.

양봉장을 관리하는 트리스탄이 쓰러지면서 본격적인 거래는 잠시 미뤄졌지만, 애초에 지금은 겨울이다.

꿀벌들이 동면하는 시기이기도 해서, 그 사이에 트리스탄과 라필리아의 할아버지에게는 건강을 회복해달라고 부탁했다.

보유하고 있는 양이라면 당장 팔 수 있다면서 제프리가 대신 팔아준 밀랍을 써서, 엘렌은 연약(煉藥)을 비롯해 밀랍을 재료로 한 그림 도구를 만들기 시작했다.

"……그림 도구?"

그것을 안 가디엘이 놀란 것은 당연했다. 엘렌이 만들고 싶다고 말한 것이 그림 도구였다는 사실에 로벨 일행도 놀랐다.

반크라이프트 저택에 모인 일동은 엘렌이 시작품으로 만든 그림 도구를 빤히 바라보며 의문의 말을 꺼냈다.

"어째서 그림 도구지?"

로벨의 말에 다른 사람들도 흥미진진해했다. 엘렌은 이것들이 치료원과 관계가 있다고 말했다. 대체 어떤 연관이 있다는 말인가?

밀랍은 약의 재료로써 취급되리라 생각했던 탓인지, 그림 도구가 될 거라고는 상상도 하지 못했던 모양이었다.

"환자분들은 모두 치료를 받을 수 있는 게 아닙니다. 가장 큰 이유는 낼 돈이 없기 때문입니다."

"그렇지."

"하지만 자선 사업으로 치료원은 운영될 수 없습니다. 그 부분을 어떻게 해결할 수 있을까 줄곧 생각했습니다."

엘렌은 밀랍을 녹이고 올리브 오일과 옥수수 녹말, 엘렌의 힘으로 출현시킨 활석(滑石) 등을 섞어서 원료가 되는 것을 만들어냈다.

거기에 색소가 되는 천연석을 출현시키고 분쇄해 섞어서 20색 크레용을 만들었던 것이다.

이 자리에는 가디엘과 호위들이 있었기 때문에 제조 방법은 비밀로 해두었다.

"팔다리를 다친 환자분들은 돈을 벌기 어렵습니다. 하지만, 무리를 해서라도 일하지 않으면 먹고살기 어려운 사람이 많습니다. 그런 경제 상황에서 치료 같은 건 무리겠죠. 그래서 더욱 몸을 망가뜨립니다."

"……설마, 그걸로 그림을 그리게 하는 건가?"

"그림을 그리는 데는 연습이 필요하고 방대한 시간이 걸리기 때문에 무리입니다. 제조 방법과 재료는 비밀이지만, 만드는 법은 간단하죠. 다리를 다친 사람이라도, 손이 무사하다면 섞는 일은 할 수 있지 않을까요?"

"설마, 환자에게 만들게 하려는 건가?!"

엘렌의 발상에 사우벨이 신음했다.

"임금보다는, 치료비 대신……에 가까울지도 모르겠지만, 나은 후에 잠시 일하게 하거나 하는 것도 괜찮을 거라고 봅니다. 그렇게 하면 돈이 없어서 치료를 받을 수 없다고 생각하던 사람도 치료받으러 올 거예요."

"분명 그림 도구는 상당히 고가에 팔리겠지……."

그림 도구가 고가인 이유는 사용되는 색에 있다. 부순 천연석을 섞어서 만들기 때문에, 보석을 사는 것과 마찬가지였다.

그리고 그림은 귀족들의 오락과 사회적 지위이기도 했다.

"물론 지불할 수 없는 상황에 있는 사람에 한해서, 그리고 기간 한정으로 특별 조치 같은 느낌이 될 예정입니다만……."

"재료 거래와 제조, 그리고 그림 도구의 판매…… 과연, 그래서 셋인가."

이전에 엘렌이 말했던 사업 세 개분이라는 의미를 이해한 사우벨은 말이 나오지 않는 모양이었다.

게다가 엘렌은 펠페드의 숯을 이용한 목탄도 그림 도구가 된다고 말했다.

유화의 밑그림에 쓰는 목탄은 말하자면 연필의 재료다. 밀랍만이 아니라, 펠페드의 목탄이 왕가에 팔린다는 말을 들은 제프리는 흥분하여 두말없이 계약을 맺어주었다.

"그림 교실을 열어서 그림을 그리게 하는 것도 괜찮겠죠."

"……화가에게 부탁하는 게 아니라?"

"환자분에게 그리도록 할 겁니다."

"어째서?"

어째서 환자에게 그리게 하려는 것인지 의미를 이해할 수 없다는 로벨에게 엘렌이 그 이유를 설명했다.

"파는 게 목적이 아니라, 그리는 게 중요해요. 딱히 그리는 것만이 아니에요. 식물을 돌보거나, 동물과 접하거나…… 부담이 되지 않는 정도의, 소소한 일이 중요한 거예요."

"기분 전환용 같은 건가?"

"네. 다치거나 병에 걸린 사람들은 마음에 상처를 입는 일이 많거든요. 일하고 싶어도 일할 수 없다. 몸이 만족스럽게 움직이지 않는다. 거기에서 오는 불안이 다음 병을 불러오는 일도 있어요."

엘렌은 만든 크레용을 늘어놓으며 로벨들에게 설명했다.

"잘 그린 그림은 사들여도 된다. 그러면 큰돈이 된다. 치료하면서 돈을 벌 수 있으면, 모두 치료를 받는 일에 저항이 사라지지 않을까 해서……."

살짝 자신이 없어졌는지 엘렌의 말꼬리가 점점 작아졌다. 이 일이 궤도에 오를지는 알 수 없지만, 모두가 팔릴 거라고 확신했다.

"오히려 이걸 계기로 반크라이프트는 화가가 태어나는 땅이 되지 않을까?"

가디엘의 말에 사우벨 일행은 흠칫했다.

그것은 충분히 가능한 일이었다. 그도 그럴 것이, 반크라이프트는 현재 기사가 있는 영토라는 것보다 치료원으로 점점 더 유명해지고 있었으니까.

"이번에는 그림을 배우려고 사람들이 밀려드는 거 아닐까……?"

시너지를 생각하면 세 개분 정도가 아니다. 사우벨은 지금보다 더 바빠지는 것인가 싶어 위통이 재발할 것만 같았다.

사우벨의 상태를 눈치챈 가디엘이 때는 지금이라는 듯이 싱긋 웃었다.

"사우벨, 안심해도 돼. 내가 대부분을 맡도록 하지."

"……전하?"

"화가가 주로 있는 곳은 왕도다. 그림이 팔리지 않는다며 한탄하는 화가는 얼마든지 있지. 일을 알선해서 반크라이프트로 향하게 하겠다. 그래, 그림을 사들이는 것도 좋겠군. 왕도에서 팔리면 평가도 높아지겠지?"

부드러운 가디엘의 미소가 라비스엘과 겹쳐졌다.

그 모습에 가장 먼저 반응한 것은 로벨이었다.

"큭…… 상대하기 어려운 얼굴을 하고 있어!"

"왕도에 돈이 돌 거라고 생각하니, 신기하게도 즐거운 기분이 됐어. 이 기분은 대체 뭘까?"

"으아아아아! 틀림없는 그 녀석의 아들이 있어!"

너무나도 불경한 로벨의 외침에 재미있어진 가디엘도, 그만 말하고 말았다.

"과연. 폐하가 로벨 님을 마음에 들어 하는 이유를 알 것만 같아."

"그만둬!"

그리 반응하는 로벨을 보며 엘렌은 한숨을 내쉬었다.

"아버지, 놀림당하고 있네요."

"도와줘 엘렌!"

가디엘에게서 도망치듯 엘렌을 끌어안는 로벨에게 엘렌은 꾸욱 짓눌렸다.

"으규우으으."

엘렌에게 비비적거리는 로벨을 보며 가디엘은 즐거운 듯 웃고 있었다.

그 후 시작품인 크레용을 화가에게 배포하여 그림을 그리게 하고, 크레용이라는 그림 도구를 보급해나가는 일부터 시작되었다.

이것은 가디엘이 반크라이프트와 계약을 맺은 새 사업이 된다.

이 일을 라비스엘에게 보고한 가디엘은 처음이라고 해도 좋을 만큼 그에게 칭찬을 받았다.

밀랍의 본격적인 거래가 시작되는 봄까지, 아직 시간이 있다. 해야만 할 일은 잔뜩 있었다.

밝게 펼쳐진 미래를 상상한 가디엘은 가슴 설렜다.

제40화 에필로그

이번 건으로 거리가 가까워진 가디엘은 시찰이라는 명목으로 자주 반크라이프트에 오게 되었다.

"또 오셨습니까?"

"로벨 님, 결계를 부탁한다. 오늘은 조산원을 보고 싶은데."

"그곳은 남자 출입 금지입니다."

"그건 거짓말이잖나. 남성도 육아에 협력하도록 교육을 받는 곳이 있다고 들었다."

"칫."

점점 라비스엘을 닮아가는 가디엘을 상대하기 어려워졌다며 로벨이 씁쓸한 얼굴을 했다.

"엘렌은 없는 건가?"

"만나게 하지 않을 겁니다!!"

그런 대화를 나누거나, 말거나.

반크라이프트로 돌아온 라필리아는 그 길로 곧장 사우벨에게로 향했다.

서재에 리리아나가 있다는 사실에 놀랐지만, 라필리아의 얼굴을 보자마자 사우벨이 라필리아를 꼭 안아주었다.

"아아…… 무사했구나."

"다녀왔어요. 아빠."

"그래. 어서 오렴."

부녀의 포옹을 흐뭇하게 지켜보던 리리아나는 방을 나가려 했고, 라필리아가 그것을 말렸다.

"두 사람 다, 잠시 앉아서 들어줘."

"……무슨 일이니?"

"됐으니까."

소파 맞은편 자리에 두 사람을 앉히고 라필리아는 속 시원한 얼굴을 하고서 말했다.

"엄마한테는 연을 끊겠다고 했어. 나는 이제 두 번 다시 만나지 않을 거야."

"……괜찮겠니?"

"괜찮고 자시고, 그 사람들은 나를 두고 도망쳤는걸. 새삼스러운 일이지. 게다가 이런 민폐를 끼치고도 절대 사과하지 않았어. 정말 믿을 수가 없다니까."

"……어머나."

리리아나가 안쓰러운 표정을 하고 있었다. 자신의 아이와 절연한다는 상황이 얼마나 괴로운 일일지, 아들을 사랑하고 있기에 아는 것이리라.

"그리고—, 그러니까 있지, 아빠……."

"응?"

"엄마 일은, 이제 신경 쓰지 말고, 앞으로 나아가 줘. 이제 참지 않아도 돼."

"뭐……?"

"그, 리리아나 씨도…… 저기, 그게……."

"그러니까…… 그 말은……."

곤란하다는 듯이 리리아나가 사우벨 쪽을 보았다. 사우벨도 설마 하는 얼굴을 하고 있었다.

"이혼한 후에도 엄마를 신경 썼다는 건 알아. 내가 있으니까 더더욱. 하지만 그쪽도 마음이 가는 사람이 생긴 모양이니까, 더는 마음 신경 쓰지 않아도 돼."

"설마…… 단죄당했는데도 말이냐?"

"본인은 아니라고 하지만, 이제 와서? 싶지."

"그, 그런가…… 뭐, 여신에게 충고를 받고도 듣지 않았었으니까. 새삼스러운가……."

라필리아는 사우벨의 얼굴을 힐끔 확인하고, 충격이라기보다 어이없어하고 있다는 사실에 살짝 웃고 말았다.

"저기, 리리아나 씨……."

"응?"

"우리 아빠는, 안 될까?"

"뭣?!"

"안 되나요?"

"아, 안 되다니 그럴 리가……!"

“정말?”

“……그럼. 과분할 정도인걸.”

리리아나의 대답을 듣고서 라필리아는 기뻐하며 웃었다.

“그럼, 내 엄마가 되어줄래?”

“어머……!”

“라, 라필리아?! 그건 내가 해야 할 말이잖니?!”

“그게, 쭉 말을 안 했잖아. 그래서 내가 부탁하는 거야. 말하려면 지금이라고!”

“아아아안 돼! 내가 말할 거야!! 리리아나 씨! 나와 결혼해줘!!”

“……헉!”

리리아나는 양손으로 입가를 가리더니 투둑 눈물을 흘렸다.

“아아아…… 울지 말아줘. 울지 않았으면 좋겠어. 기뻐해줘.”

옆에 앉은 리리아나를 사우벨이 끌어안자 리리아나는 죄송하다며 울었다.

“나로…… 괜찮을까?”

“리리아나 씨라서 좋은 거야!”

라필리아가 웃으며 말하자 리리아나는 기쁘다고 말하며 다시 울었다.

*

엘렌이 반크라이프트로 올 때는 어째선지 아우스톨까지 따라오게 되었다.

아무래도 계속 라필리아를 신경 쓰고 있는 모양이었다.

"라필리아—!"

"엘렌—!"

꼬오옥 둘이 서로 끌어안는 모습을 보고 아우스톨은 안심한 얼굴을 했다.

"여어. 기운 차렸나 보네."

"고마워! 그리고 있지, 엄마가 늘게 되었어!"

"뭐? 뭐어어어어어어어?!"

리리아나 씨?! 리리아나 씨지?! 하고 엘렌이 몇 번이나 확인했다.

"응. 헤헤헤. 아빠가 말 안 하길래, 내가 말했어!"

해냈다며 싱긋 웃는 라필리아의 얼굴은 밝았다. 엘렌은 축하해—! 하고 말하며 기뻐했다.

"축하를 해야겠네!"

"고마워!"

"아, 그럼 흄 군은 라필리아의 오빠가 되는 거구나?"

"켁! 그 녀석의 존재를 잊고 있었어!!"

싫은 거야? 하고 대화를 시작한 엘렌과 라필리아를 아우스톨이 흐뭇한 얼굴로 보고 있었다.

"딸도 좋은걸."

아우스톨의 말에 반이 흠칫하는 얼굴을 했다.

"뭐냐? 꼬마."

“아니…… 그…… 소문으로 아버님과 어머님의 구애 행동은 산이 민둥산이 될 정도라고 들었습니다만…….”

“그런 일도 있었던가?”

“뭐? 그 얘기 뭐야? 엄청 궁금한데.”

어느샌가 엘렌과 라필리아가 흥미진진해하며 아우스톨과 반을 보고 있었다.

『아무것도 아니다!』

아우스톨이 갑자기 짐승으로 변하더니 엎드려 누웠다. 그 모습은 압권이라는 한마디로 표현할 수 있었다. 10인승의 합승 마차 여러 대는 될 만큼 커다란 아우스톨의 짐승 모습에 엘렌이 흥분하며 소리를 질렀다.

“후오오오오오오오오오오오오오오오오오!!”

“어? 뭐야?! 엘렌의 그런 목소리 처음 들어봐!!”

“복실복실복실복실!”

“어? 뭐야? 뭔데?! 괜찮은 거야?!”

엘렌이 뿅뿅 뛰어오르면서 「복실복실」 하는 구호와 함께 아우스톨에게 다가갔다. 그리고 그 기세 그대로 엎드려 누운 아우스톨의 배에 뛰어들었다.

“복시이~~~~~~일!”

포옹…… 하고 따뜻함과 탄력에 감싸인 엘렌의 얼굴은 행복해 보였다.

『공주니임———! 저를 두고 바람을 피우시다니———!!』

반쯤 울며 반이 짐승 모습으로 변신해 우왕좌왕 주변을 배회했다.

"으으~~응…… 폭신폭신해애애……."

넋이 나간 엘렌을 보며 라필리아도 꿀꺽 침을 삼켰다.

그 소리를 들은 아우스톨이 싱긋 웃으며 말했다.

『아가씨도 와. 내 털의 부드러움을 느껴보라고.』

"그, 그래도 돼……? 그럼 실례하겠습니다……."

살며시 엘렌 옆에서 껴안은 순간, 무어라 말할 수 없는 행복이 기다리고 있었다.

"뭐야 이거~~~~~~~~~~~~~!"

"복실복실~~ 하아~~~~~~ 행복해……."

『공주니임——!!』

반이 소리쳤다. 카이는 태연하게 양해를 구하고 아우스톨의 발바닥 젤리를 꾹꾹 누르고 있었다.

『네놈까지?! 나와 계약을 해놓고서?!』

"너는 발바닥 젤리를 만지게 해주지 않잖아."

『당연하다!!』

『나, 인기 폭발인걸.』

어디서 그런 표현을 배웠느냐고 엘렌은 딴죽을 걸고 싶었지만, 그런 일 따위는 어찌 되든 상관없어질 정도로 기분이 좋았다.

"반 군, 반 군, 여기 여기."

『우으…… 공쥬님…….』

엘렌은 아우스톨에게 등을 맡긴 채, 울상이 된 반을 향해 이리

오라고 부탁했다.

“끼워줘! 끼워줘!”

『……이렇게 말씀입니까?』

아우스톨과의 사이에 엘렌을 끼우듯이, 반은 찰싹 엘렌에게 붙어 앉았다. 라필리아도 함께 끼우게 되고 말았지만, 엘렌의 부탁이니 어쩔 수 없다.

“복실복실 샌드위치~~~~~~!”

이름까지 붙인 엘렌은 행복해 보였다.

“하아~~~~ 이거, 위험해…… 반 군도 최고…….”

행복해 보이는 엘렌의 모습에 반은 아주 조금이지만 만족했다.

따뜻한 벨벳에 감싸인 엘렌과 라필리아는 그대로 꾸벅꾸벅 잠들 것만 같았다.

엘렌은 라필리아에게 가까이 다가가서 라필리아의 손을 잡았다.

두 사람은 그대로, 따뜻함에 몸을 맡기고 사이좋게 잠들었다.

*

한편, 그 무렵. 격렬한 뇌우가 찾아온 헬그너 왕성의 한 방에서, 창문으로 밖을 바라보는 여자가 있었다.

방에 들어온 병사의 이야기를 듣고서 여자는 분노하며 언성을 높였다. 그러나 천둥소리가 여자의 목소리를 지워버렸다.

“그만 됐다! 물러가!”

고개를 숙이고 방을 나서는 병사를 죽여버리고 싶었지만, 그런 일을 하면 여기서 추방당하고 만다.

몇 번이고 그 녀석을 어둠에 빠뜨리는 데 실패했건만, 또다시 실패했다는 말을 듣고 짜증이 끝없이 솟구쳤다.

손톱을 깨무는 버릇이 좀처럼 고쳐지지 않았다. 지긋지긋한 그 여자의 얼굴을 떠올리며, 손톱과 함께 입술을 깨물었다.

초조함에 빠진 나머지 피가 흐르는 것도 눈치채지 못했다.

"어째서 그 녀석만……."

머물 곳이고 뭐고 다 빼앗겼다. 나중에 온 주제에, 자신에게서 모든 것을 빼앗아간다.

자신과 똑같이 엄마와 억지로 떼어진 주제에, 어째서 그 녀석만 태평한 것일까.

"얌전히 나랑 똑같은 꼴을 당하면 좋잖아……."

아아, 그랬다. 그 녀석의 피는, 절반은 가짜였다. 그러니 어쩔 수 없다. 천한 평민의 피 같은 게 섞여 있으니 어쩔 수 없는 것이다.

그런 말을 혼자 중얼거리고 있는 여자를 멀리서 감시하고 있던 「눈」은 그 모습을 있는 그대로 보고하러 갔다.

보고를 들은 남자는, 재미없다는 듯이 그대로 두라고 했다.

"역시 배신자는 배신자인가."

그렇게 말하며 웃은 남자는 와인이 든 잔을 한 손에 들고 흔들었다.

피와 비슷한 색의 와인을 마시면서 남자는 말했다.

"배신자는 숙청해야만 한다. 우리 정령은 그것을 원한다."

잔에 남은 와인을 단숨에 들이켰을 때, 세계가 긍정하는 것만 같은 천둥소리가 울려 퍼졌다.

■작가 후기

순식간에 5권이 되었습니다. 읽어주셔서 정말 감사드립니다.

이번에는 인터넷 쪽에서는 올릴 예정이 없었던 이야기를 새로 쓸 수 있었습니다.

인터넷에서 살짝 다루었던 부분이기는 하지만 회수할 수 없을 거라 생각했는데, 담당자님에게 「써버리죠!」라는 허가를 받았을 때는 정말로 기뻤습니다. 고맙습니다!

이번 이야기로 라필리아의 주변이 정리되지 않았나 싶습니다.

아리아는 부모님의 행동을 보고 겨우 자신이 라필리아에게 무슨 짓을 했는지 자각했으니, 그녀가 달라진다고 한다면 지금부터가 아닐까요?(시계열적으로 단죄가 있은 지 1년도 지나지 않았습니다)

라필리아는 정말로 달라졌다고 봅니다. 라필리아의 마음은, 마지막에 라필리아가 했던 「엄마가 늘어난다」라는 말이 전부라고 생각합니다.

작품을 쓰면서 라필리아와 아리아의 설정에 많은 변화가 있었습니다.

라필리아와 아리아에 관해서는 주변 분들의 의견을 듣고, 담당 편집자님과 상담하며 써왔습니다.

처음에는 라필리아도 아리아와 함께 단죄될 예정이었습니다만, 도중에 라필리아를 구해달라는 말을 독자님들께 듣고 설정을 바꾸었습니다.

솔직히 그녀가 이렇게까지 달라지리라고는 생각하지 않았습니다.

지기 싫어하고 자신만만하지만, 뒤에서 노력하는 그런 여자아이. 올곧게 거침없이 나아가는 라필리아는 정말 생기 넘치는 캐릭터가 되었다고 생각합니다.

앞으로도 점점 더 성장할 거라고 생각하면 무척이나 기대가 됩니다.

그 외에도 이 작품의 코믹스 3권이 2020년 3월에 발매되었습니다. 그리고 이번 달로 작가 활동을 시작한 지 딱 2년째가 되었습니다.

작년에는 코믹스가 발매되고, 소설 1권이 번역되어 한국과 대만에서 발매되었습니다.

이것도 여러분 덕분입니다. 정말로 고맙습니다.

앞으로도 생생한 엘렌 일행을 써나가고 싶습니다.

지난번에 이어 읽어주신 여러분. 인터넷에서 응원해주시는 여러분.

언제나 신세를 지고 있는 담당 K님, T님, 교정자님, 디자이너님, 영업 T님.

바쁜 중에 일러스트를 그려주신 keepout님.

코미컬라이즈 만화 오호리 유타카 님, 스퀘어 에닉스 담당 W님.

응원해주는 친구들, 다음 이야기를 재촉해주는 형제자매에 큰아버지와 숙모까지 더해져 기쁘고 부끄럽습니다.

정말로 언제나 고맙습니다. 계속해서 노력하겠습니다!

또 다음 권에서 만날 수 있기를 바랍니다. 감사합니다!

아빠는 영웅, 엄마는 정령, 딸인 나는 전생자. 5

초판 1쇄 발행 2022년 2월 10일

지은이_ Matsuura
일러스트_ keepout
옮긴이_ 이신

발행인_ 신현호
편집장_ 김승신
편집진행_ 권세라 · 최혁수 · 김경민 · 최정민
편집디자인_ 양우연
관리 · 영업_ 김민원

펴낸곳_ (주)디앤씨미디어
등록_ 2002년 4월 25일 제20-260호
주소_ 서울시 구로구 디지털로 26길 111 JnK디지털타워 503호
전화_ 02-333-2513(대표)
팩시밀리_ 02-333-2514
이메일_ lnovellove@naver.com
L노벨 공식 카페_ http://cafe.naver.com/lnovel11

ISBN 979-11-278-6338-8 04830
ISBN 979-11-278-5213-9 (세트)

값 9,500원